행복한
그루터기

행복한 그루터기

펴 낸 날   2023년 10월 05일

지 은 이   정운복
펴 낸 이   이기성
편집팀장   이윤숙
기획편집   서해주, 윤가영, 이지희
표지디자인   서해주
책임마케팅   강보현, 김성욱
펴 낸 곳   도서출판 생각나눔
출판등록   제 2018-000288호
주　　소   경기도 고양시 덕양구 청초로 66, 덕은리버워크 B동 1708호, 1709호
전　　화   02-325-5100
팩　　스   02-325-5101
홈페이지   www. 생각나눔.kr
이 메 일   bookmain@think-book.com

• 책값은 표지 뒷면에 표기되어 있습니다.
  ISBN 979-11-7048-604-6 (03810)

정운복과 함께하는 힐링 에세이

정운복 지음

행복한
그루터기

흐르는 세월 속에서 언젠가 역사의 뒤안길로 퇴장할 때
흔적으로 남더라도 남에게 쉼을 제공하는
그런 그루터기 모습을 소망해 봅니다.

생각나눔

놀라운 장면이 있습니다. 산을 오르다 흙 한 줌 없는 바위 위에 낙락장송으로 성장해 있는 소나무를 볼 때, 밑동까지 베어져 그루터기로 남은 나무에서 새로운 잎이 돋아나는 것을 보았을 때 감동을 넘어 경이로운 마음이 듭니다. 자연까지도 어려움 속에서 이뤄낸 성취가 감동을 주는 것이지요.

지인에게 보낸 메일을 정리하여 아홉 번째로 세상에 내어놓습니다. 제목을 그루터기로 정한 것은 아낌없이 주는 나무의 영향이 큽니다. 나무는 일방적인 사랑을 제공하지만, 세상을 살아가는 데는 상대성이 중요합니다. 열린 사랑이 짝사랑보다 위대한 것이니까요. 그루터기의 마지막은 의자의 역할입니다. 의자는 자신을 위하여 존재하지 않습니다. 마치 나무가 자신을 위하여 그늘을 만들지 않는 것처럼 말이지요.

우리는 많은 그루터기의 도움을 받아 여기까지 성장해 왔습니다. 무조건적인 사랑과 성원을 해준 부모님, 성장과 발전을 도와준 많은 스승,

고민과 위안을 같이 해준 친구들…. 이제는 우리도 남에게 그루터기로 존재할 필요성이 있습니다.

이 책이 나올 때까지 예쁜 디자인과 편집을 해주신 이기성 생각나눔 대표님을 비롯한 임직원 여러분께 감사의 말씀을 전합니다.

2023년 9월 여여당(如如堂) 서재에서…

| 차 례 |

· **책을 펴내며_ 4**

제1장_ 느림의 여유

소나무가 늘 푸른 이유·10 / 일본이여 독일을 배워라·12 / 개의 말·14 / 대인과 소인·16 / 유예된 행복·18 / 침묵의 멋·20 / 둔한 구멍·22 / 거름내기·24 / 취모멱자 (吹毛覓疵)·26 / 씨앗과 열매·28 / 산수유 꽃밭에서·30 / 백문불여일견·32 / 느림의 여유·34 / 무전제의 사고·36 / 욕하는 아이들·38 / 봄을 만끽하며·40 / 산수유 유감·42 / 그루터기·44 / 흐드러진 봄에·46 / 남의 입장 되기·48 / 소통하기·50 / 메일 쓰기 30년·52 / 잔인할 달·54 / 배금주의 유감·56 / 텃밭 일구기·58 / 차별 없는 세상을 꿈꾸며·60 / 신언불미·62 / 마음을 움직이는 글·64 / 옛사람처럼 드세요·66 / 촌스러움·68 / 사람이 전부입니다·70 / 클라우드 세상·72 / 식물의 방어기제·74

제2장_ 나무에서 배우기

창조적 마인드 기르기·78 / 슬픈 역사도 역사입니다·80 / 계절감 상실의 시대·82 / 라일락 나무 앞에서·84 / 반대로 행동하기·86 / 털의 역사·88 / 양농불위·90 / 인품에 대하여·92 / 자식을 잘 기르려면 농사를 지어라·94 / 사건의 일상화·96 / 항상심·98 / 순리대로 살기·100 / 마원의 처세술·102 / 텃밭 가꾸기·104 / 아름다움의 미학·106 / 배고픈 사자가 사냥합니다·108 / 화려함과 초라함·110 / 결혼과 바람·112 / 100세 시대 축복인가 재앙인가?·114 / 3년 묵은 쑥·116 / 열매의 전략·118 / 가막사리·120 / 숲을 닮은 사람·122 / 지랄 총량의 법칙·124 / 나무에서 배우기·126 / 황무지에도 꽃이 핍니다·128 / 밤에 피는 꽃·130 / 옥수수를 기르며·132 / 묵묵함이 좋은 이유·134 / 무소유의 실체·136 / 속이 비어야 맑은소리가 납니다·138 / 매실 따기·139 / 가시는 살이 되지 않습니다·141

제3장_ 존재의 아름다움

욕심의 종말·144 / 삶의 흔적·145 / 사막의 장미·146 / 농사의 기술·147 / 잡초 이야기·149 / 아침에 읽는 『장자』·151 / 두위봉에 다녀와서·153 / 리더의 덕목·155 / 신문지로 멀칭을·157 / 유교무류·159 / 구피를 기르며·161 / 와 송·163 / 관용과 용서·165 / 자연의 치유력·166 / 존재의 아름다움·168 / 바닷새 이야기·170 / 인생은 길이가 아니고 의미·172 / 손톱으로 판 호수·174 / 내 안의 빛·176 / 8전짜리 3개면 23전·178 / 책임의 리더십·180 / 관계의 소중함·182 / OTL, 좌절 금지·184 / 인식의 덫·186 / 신에게는 아직 12척의 배가 있나이다·188 / 흔적(痕迹)·190 / 느린 우체국·192 / 얼 굴·194 / 소 통·196 / 누름돌·198 / 자신이 정답입니다·200 / 그림자 떼어내기·202 / 이목만목(二目萬目)·204

제4장_ 내 안의 씨앗

게으름의 미학·208 / 「명량」을 보고·210 / 합리적인 소비·212 / 재능 있는 사람은 발톱을 감춥니다·214 / 바보들의 천국·216 / 공동의 선·219 / 꽃이 지고 나면 잎이 보입니다·221 / 내 안의 씨앗·223 / 무식을 권장하는 사회·225 / 시각의 장기화·227 / 3억분의 1·229 / 가치의 기준·231 / 공지천 커피·233 / 호 칭·235 / 살아가는 방법·237 / 바보 빅터·239 / 인간의 조건·241 / 약점을 강점으로·243 / 약자 배려하기·245 / 인디언의 곰 잡기·247 / A4 규격 소고·249 / 상대방 되어 보기·251 / 의자! 권위의 상징인가 베풂의 미학인가?·253 / 삶의 정화와 시들음·257 / 처음처럼·259 / 인생엔 왕도가 없습니다·261 / 쿼티(qwerty) 자판·263 / 농사는 관심·265 / 덕향만리·267 / 물 위에 뜬 오리·269 / 승자의 저주·271

여러 가지 삶의 갈래만큼이나 다양한 삶이 존재하는 공간에서는 서로 시간의 흐름이 다릅니다. 도시에서 빠름이 가치 있는 것이라고 한다면 시골에서는 느림과 여유, 인내의 기다림이 가치 있습니다.

제1장

느림의
여유

소나무가 늘 푸른 이유

상록수가 잘 자랄 수 있는 환경은
사시사철이 따뜻하여 언제든 햇볕을 이용한 광합성으로
지속 가능한 성장이 담보될 수 있는 곳이 제격입니다.

하지만 소나무는 겨울이 존재하는 추운 곳에서
상청(常靑: 항상 푸름)의 꼿꼿함을 유지하고 있습니다.
때론 눈의 무게 때문에 가지가 부러지거나
심할 때는 뿌리까지 송두리째 뽑혀 나가는 어려움이 있는데도
사시사철 변함없는 푸름으로 자리를 지키고 있습니다.

왜 소나무는 그런 고난의 길을 스스로 걷고 있는 것일까요?

햇빛이 적은 겨울엔 대부분의 활엽수는 잎을 떨구어 냅니다.
그 이유는 광합성으로 만들 수 있는 에너지보다
생존을 위하여 소비되는 에너지가 더 크기 때문이지요.
그럴 바에야 잎을 떨구고 겨울잠을 택하는 것이 생존에 더 유리합니다.

소나무가 늘 푸름을 유지할 수 있는 것은 잎이 떨어지기 이전에

꾸준히 다른 잎을 만들어 내기 때문입니다.

그리고 소나무는 잎이 뾰족합니다.

이는 잎의 표면적을 최소화하는 데 유리하지요.

즉 생존에 소비되는 에너지를 최소화하여 겨울에도 늘 푸름을 유지
할 수 있는 것입니다.

겸허하게 자신을 통제하는 능력이 큰 이유이지요.

추사 김정희는 글씨도 잘 썼지만 그림으로도 유명합니다.

가장 대표적인 것이 「세한도(歲寒図)」이지요.

그림에 기록된 "세한연후지송백지후조(歲寒然後知松柏之後彫)"는

공자의 어록인 『논어』에 나오는 말씀입니다.

"겨울이 되어야 소나무와 잣나무가 시들지 않음을 안다."

그러니 어려움이 닥쳤을 때 진정한 친구가 가려지는 법이고

국난을 당했을 때 충신과 간신이 구분되는 것입니다.

소나무는 변하지 않는 속성 때문에 의리나 지조, 절개와 불변의 아이
콘으로 사용됩니다. 세상이 험하기 그지없습니다.

그럴 때일수록 담긴 그릇의 모양에 따라 수시로 형태를 바꾸는 물의
변화무쌍한 지혜도 필요하지만

늘 푸른 소나무처럼

천천히 걷지만 꾸준함이 있는 황소처럼

바람이 산을 흔들 수 없는 것처럼

무소의 뿔처럼 묵묵히 자신의 길을 가는 의연함이 필요합니다.

일본이여 독일을 배워라

영국과 프랑스에는 있는데 독일에 없는 것이 있습니다.
세계적으로 유명한 박물관이 그것인데요.
잠시 속내를 들여다볼 필요가 있습니다.

영국과 프랑스는 식민 지배를 통하여 모아들인
약탈 문화재로 박물관을 가득 채우고 있습니다.
문화재 원소유국이 반환을 요청하지만, 그들은 꿈적도 하지 않습니다.

독일은 제1, 2차 세계대전을 통하여 인류에게 아픔을 남김은 물론
유대인들에게 씻을 수 없는 역사적 죄악을 저질렀습니다.
그 중심에 있었던 히틀러는 청소년기에 꿈이 화가였고
그 꿈을 위하여 부단히 노력했지만 끝내 화가의 길을 걷지 못했습니다.

실업학교 졸업장이 없어 건축학교에 입학하지 못했던 히틀러는
그림엽서 등을 그리며 생계를 꾸렸는데
이 당시에 아무에게도 인정받지 못해 매우 불우했다고 합니다.

이런 그는

제2차 세계대전을 통해 수단과 방법을 가리지 않고 미술품을 약탈합니다.

그 작품이 무려 500만 점이 넘었다고 합니다.

그 어마어마한 미술품들이 어디 전시되고 있는지 궁금하지 않나요?
정말 대단한 것은
전후에 독일은 그 약탈 문화재들을 주인에게 돌려주기 시작합니다.
그 작품들을 모두 돌려주기까지는 무려 6년이란 긴 세월이 필요했지요.

절약 정신이 앞서고 꼼꼼하기로 유명한 독일 사람들이
이웃과 더불어 사는 방법의 실천을 봅니다.
이름난 약탈자와 이름 없는 수호자라는 아이러니는 있지만
이 사실을 통해 생각해야 할 것들이 있습니다.

문화재에 대해서 정당한 취득 경로를 입증하지 못하면 당사국에 돌려보내는 게 국제적 경향입니다.
아직도 해외에서 방황하는 우리의 문화재들이 너무나 많습니다.
가장 가혹한 것은
바로 우리의 이웃이라고 우기는 일본이
문화재를 돌려주기는커녕
적반하장으로 우경화로 치닫고 있는 불편한 현실입니다.

느림의 여유

개의 말

개는 사람의 말을 알아듣는 경우가 많지만
사람이 개의 말을 알아듣는 경우는 드뭅니다.
이는 사람이 개만도 못하기 때문이 아니라
우월적 지위를 이용하여 노력을 게을리했기 때문입니다.

가장 똑똑하기로 유명한 보더콜리 종의 경우 약 250개의 단어를 이
해한다고 합니다.
그러나 개 대부분은 200개 단어를 이해하기 힘들다고 하지요.
하지만 개들은 눈치가 빠릅니다.
보디랭귀지나 목소리의 뉘앙스 분위기 등을 통해
상황을 이해하는 능력이 뛰어나다고 하지요.

그런데 개의 말을 알아듣기 위한 장치가 나온다고 합니다.
개에서 나오는 뇌파의 미세한 변화를 감지하여
그것을 인간의 언어로 바꾸어 전달하는 방식이지요.

우리네 인간은 개를 사랑한다고 하지만
자신의 필요에 따라 자유를 구속하기도 하고

배변 활동이나 좋은 습관 때문에 필요 이상으로 억압을 강요하기도 합니다.

이제 육두문자를 개들에게 들어야 하는 이상한 세상이 도래할는지도 모릅니다.

어쩌면 속이 훤히 보이는 까발려진 세상에 사는 것보다는
좀 갑갑하긴 해도 묻어둔 생활 앞에 겸손해지는 삶을 살아가는 것도
나쁘지 않다고 생각합니다.

개의 언어를 이해하기 이전에 인간다움을 회복해야 합니다.
그래야 개 같은 사람을 면할 수 있을 것이며
심지어 개보다 못한 사람이라는 소리를 듣지 않을 수 있고
종국에는 개 아들놈이라는 비참함을 면할 수 있기 때문입니다.

느림의 여유

대인과 소인

사회를 나누는 방법에는 여러 가지가 있습니다.
든 사람과 빈 사람이 한 예이고
부유한 자와 가난한 자가 또 한 예이며
권력층과 서민층이 또 한 예일 것입니다.

공자와 맹자는 군자/대인과 소인으로 세상을 구분합니다.
이 둘의 차이는 힘이나 권위, 재산이나 계급이 잣대가 아니라
도덕적인 자기 수양에 따라 구분되는 인격적 능력의 차이에 기인합니다.

"군자화이부동(君子和而不同) 소인동이불화(小人同而不和)"라는 말씀이
있습니다.
군자는 자기의 정확한 의견으로 다른 사람의 잘못된 의견을 바로잡아
모든 것이 정상화될 수 있도록 하며
소인인 맹목적으로 다른 사람을 따라 하며
자기의 다른 의견을 피력하지 않는다는 의미입니다.

또 "군자주이불비(君子周而不比) 소인비이불주(小人比而不周)"라는 말씀
도 있지요

군자는 공적인 가치를 중요시하고
소인은 사적인 가치를 중요시한다는 말씀입니다.

"군자태이불교(君子泰而不驕) 소인교이불태(小人驕而不泰)"라고 했습니다.
군자는 태연하되 교만하지 않고
소인은 교만하되 태연하지 못하다는 뜻입니다.

그 이외에도 수많은 곳에서 군자(대인)와 소인을 구분 짓는 문구가 나
옵니다.
요즘 시대에 군자와 소인을 명확히 구분하는 것은 불가능할지 모릅니다.
마음은 대인처럼 먹고도 실제 행동은 소인처럼 하는 경우도 많으며
남의 일에는 그리 밝고 명확하게 판단의 멋스러움을 드러내면서도
정작 자기 일엔 어두워 그릇된 판단을 하는 경우도 많습니다.

마음 밭이 넓어야 대인의 길을 갈 수 있습니다.
작은 것에 얽매이지 말아야 하고
큰 틀에서 전체를 바라볼 수 있어야 합니다.

느림의 여유

유예된 행복

천상병 시인이 노래한 것처럼 이 세상 소풍을 마치는 날
사람은 누구나 한 줌 흙으로 돌아갑니다.
호화로운 묘지에 대리석으로 치장한 무덤에 묻힐 수도 있고
이름 없이 빛도 없이 쓸쓸한 숲에 버려질 수도 있으나
결국 한 줌 흙으로 돌아가는 것은 같습니다.

부유하게 살아 산해진미와 기름진 음식을 먹는 것이나
나물 먹고 물 마시는 검소한 식사를 하는 것이나.
하루 세 끼를 먹는 것은 같은 것이며
그 결과물이 분(糞, 똥)으로 화(化)하여 나오는 것은 같습니다.

돈으로 잘 먹을 수는 있겠으나
부유하다고 해서 잘 쌀 수 있는 것은 아닙니다.
참으로 중요한 것은 먹는 데 있는 것이 아니라
잘 배설하는 데 있습니다.

그래도 우리는 누구나 호화로운 집에서 부귀영화를 누리며
행복하게 사는 것을 꿈꿉니다.

재물과 행복이 비례관계를 유지하는 것은 아니라는 것은 누구나 아는 사실입니다.

그러니 좀 더 나은 미래를 위한다는 명분 아래 현재의 행복을 희생하고 있는 것은 아닌지 돌이켜 볼 일입니다.

순간순간 찾아오는 행복을 기쁨으로 맞이하는 삶이야말로

아침에 집을 나서며 풀 섶에 매달린 이슬을 보고 행복에 젖고

온통 붉음으로 치장하며 장엄하게 하루를 마무리하는 노을을 보고 정겨워하며

뒷동산에 오직 환함으로 떠오른 달을 기쁨으로 맞이하는 삶입니다.

우리 사회는 돈이 지배하는 것임에는 틀림이 없어 보입니다.

그러니 사람을 평가할 때도 무엇이든 돈으로 평가하려는 경향을 보이지요.

하지만 행복은 많음에 있는 것이 아니라 만족에 있다는 것을 헤아릴 필요가 있습니다.

부족한 듯해도 현재의 행복을 유예하지 말아야 할 큰 이유입니다.

느림의 여유

침묵의 멋

아직도 새벽의 찬 기운이 우리의 심신을 힘들게 합니다.
하지만 이마를 간질이는 한낮의 따사로운 햇살과
산들거리며 다가온 훈풍이 기분 좋게 합니다.

볕이 잘 드는 수풀 아래는
파릇한 생명의 기운이 넘실거리고
겨우내 숨죽였던 식물도 눈을 뜨느라 분주합니다.
저는 어중간한 이 계절이 참 좋습니다.

겨울에서 봄으로 넘어가는 간절기가 좋은 이유는
창조주의 위대한 피조물의 풋풋한 멋스러움을 느낄 수 있는 계절의
전환점이며
3월 새 학기의 시작과 더불어 삶의 전환기로 작용하기 때문인지도 모릅니다.

봄은 요란한 꽃의 잔치로부터 시작되지만
그 과정은 온전한 침묵입니다.
우주와 같은 꽃이 여기저기 피어날 때도

색의 다양함과는 대조적으로 철저한 침묵 속에 이루어집니다.

우린 이 작은 침묵에 주목할 필요가 있습니다.
깨달음은 시끌벅적하고 요란함 속에 있는 것이 아니라
천천히 마음을 가다듬은 고요함 속에 있는 것이니까요.

그래야 자연의 소리에 귀를 기울일 수 있고
스쳐 지나가는 바람의 숨결을 느낄 수 있는 것이며
그 속에서 온전한 깨달음을 얻을 수 있는 것입니다.

말은 침묵을 배경으로 할 때 더 큰 감동을 줍니다.
수도자들이 말을 아끼는 것은 침묵하는 것에 의미를 두는 것이 아니라
침묵이라는 필터를 거쳐야 말이 더욱 참되기 때문입니다.

느림의 여유

둔한 구멍

다산(茶山) 정약용은 그 호에서 풍기듯이 차를 매우 좋아했던 사람입니다.

정약용 하면 전남 강진이 떠오르겠지만

실은 그는 경기도 광주에서 나고 자랐으며, 묘는 경기도 남양주에 있습니다.

'여유당'이라는 호를 가져 『여유당전서』를 집필한 대학자로 너무나 유명한 분이지요.

그분이 전남 강진에서 유배 생활을 하던 시절에 한 소년이 찾아옵니다.

"선생님, 저는 머리도 나쁘고, 앞뒤가 꼭 막혔고, 분별력도 모자랍니다.

저 같은 사람도 공부를 할 수 있을까요?"

이 소년에게 다산은 정겨운 목소리로 이야기합니다.

"둔한 끝으로 구멍을 뚫기는 힘들어도 일단 뚫고 나면

웬만해서는 막히지 않는 큰 구멍이 뚫릴 것이다."

그 소년은 열심히 노력하여 훗날 유명한 학자가 됩니다.

한자 성어에 "마부작침(磨斧作針)"이란 말씀이 있습니다.

도끼를 갈아서 바늘을 만든다는 말씀이지요.

글자 그대로 해석해 보면 무식하기 그지없는 방법이고
효율성이라고는 약에 쓰려도 찾아볼 수 없는 방식이지요.
하지만 연습으로 흘린 땀처럼 정직한 것은 없습니다.

베토벤은 만년에 귀가 들리지 않음에도 그 천재성을 잃지 않은 것으
로 유명합니다.
독일의 본에 있는 그의 생가를 방문한 사람들은 한 가지 놀라운 사
실을 발견합니다.

그가 즐겨 사용하던 거실 한가운데 놓인 피아노 때문인데요.
그 피아노 건반들은 움푹움푹 패여 있습니다.
그가 얼마나 열심히 건반을 두드리며 살아왔는지 알 수 있지요.
천재는 결코 우연으로 만들어지는 것이 아님을
노력의 중요함과 멋스러움을 웅변으로 보여주고 있는 것입니다.

대문호(文豪) 톨스토이도 이런 말씀을 남깁니다.
"무릇 훌륭한 것은 오직 노력으로서만 얻을 수 있다."

느림의 여유

거름내기

농염한 여인네의 성감대를 스치는 손길에 열락의 세포가 하나하나 열
리듯이
한껏 물오른 대지에 스치는 봄바람에
뭇 생명들이 하나하나 잠에서 깨어납니다.

너른 들녘에 농사가 시작되었습니다.
농사는 씨 뿌림에서 시작되는 것이 아닙니다.
거친 황무지 같은 밭에 거름을 내는 것으로 시작하지요.

아무리 좋은 씨앗을 심었다고 하더라도
땅의 질을 높이지 않으면
풍성한 수확을 기대할 수 없습니다.
그러니 가을걷이 대부분은 이른 봄
눈에 잘 띄지 않는 거름내기에서 결정되는 것입니다.

눈에 보이지 않는 흙의 세계가 참으로 중요합니다.
요즘엔 흙을 밟아볼 기회가 별로 없습니다.
단비가 내려도 흙으로 스미는 것보다

아스팔트와 콘크리트 바닥을 흘러 빗물이 흐르는 관을 따라
바로 강으로 빠져나가는 것이 많습니다.

인간이 문명을 이루고 도시를 건설하여 존립 기반을 마련한다는 것은
흙과의 관계에서 점점 멀어져가는 것을 의미합니다.
우리 생활은 편해지고 안전해졌을지는 모르지만
흙이 보듬어주는 포근함과 안락함, 그 모태로서의 생태계와는 멀어진
것이 사실입니다.

인류에게 정말 많은 혜택을 주고도 잊혀가는 흙처럼
눈에 보이는 것이 전부는 아닙니다.
어쩌면 보이지 않는 것이 더 소중하고 값진 것일 수 있습니다.
보이지 않는 것이 우리 곁을 떠나고 난 후에
그것이 얼마나 중요한 것인지를 깨닫는 경우도 많으니까요.

느림의 여유

취모멱자(吹毛覓疵)

재미있는 조사 결과가 하나 있습니다.
미국 카네기재단의 조사 결과인데요.
직무수행의 성공에 있어서 기술적인 지식은 15% 정도 공헌하지만
인간관계는 85%의 공헌을 한다는 것이 그것입니다.

사회는 구성원들 간의 관계에 따라 굴러가는 살아있는 조직체입니다.
그러니 물적 재산을 쌓는 데 노력할 것이 아니라 인적 재산을 쌓는
데 노력해야 합니다.
요즘 아이들은 온종일 공부나 게임, 스마트폰에 빠져서
개인에 함몰되어 지내는 경우가 많습니다.
아무리 개인주의라 해도 이것이 사회생활의 인간관계 형성에
큰 문제로 작용할 것임은 틀림없어 보입니다.

『한비자』에 "취모멱자(吹毛覓疵)"란 말씀이 있습니다.
(불 취, 털 모, 찾을 멱, 상처 자)
사소한 일에 세심한 주의를 기울여
마치 털을 불어가면서 보이지 않는 흉터를 찾는다는 뜻이지요.

작은 흉을 가려주고 못 본 체하는 것도 관계의 중요한 부분입니다.

그런데 남의 아픈 부분을 털을 불어가면서라도 찾으면 관계는 소원해지기 마련입니다.

큰 그릇이 되려면 작은 허물은 덮을 줄 알아야 합니다.

죽음 후에도 방치되어 늦게 발견된 독거노인의 사망 소식이 심심치 않게 들려오는 요즘을

우린 무연(無緣)사회라고 이야기합니다.

1인 가족이 30%에 육박하고 있는 이상한 사회이기도 하지요.

세상의 모든 사람에게 인정받고 사랑을 받을 수 없다는 것은

슬프지만 진실입니다.

하지만 주변의 친구와 지인들에게 소박한 인정을 쌓아나가는 것은

누구나 할 수 있는 일이라는 것도 틀림없는 진실입니다.

행복은 성적순이 아니라 인간관계 순입니다.

씨앗과 열매

씨앗은 그냥 씨가 아니라 하나의 작은 생명입니다.
비록 작은 형태로 죽은 듯이 존재하지만
그 속엔 식물의 유전인자가 함축되어 들어있는
온전한 생명체임에는 틀림이 없습니다.

아름드리를 이루고 있는 낙락장송도 그 시작은 작은 씨앗이었으며
온갖 생명을 보듬어 키우는 거대한 숲 또한 시작은 작은 씨앗이었습니다.

우리는 씨앗과 비슷한 의미로 열매라는 용어를 사용합니다.
그러나 둘은 엄밀하게 따지면 작은 차이가 보입니다.
열매 속에 씨앗이 들어있는 것이지만
씨앗은 심어져 생명의 영속성에 의미를 두었다고 하면
열매는 과일이나 곡물의 결과물로 인간의 식생활에 의미를 둔 것이지요.

봄입니다.
밭갈이가 시작되었고 이제 파종의 세월이 도래하겠지요.
농사를 잘 짓기 위한 방편 중의 하나는 좋은 씨앗을 심는 것입니다.
물론 콩 심은 데 콩 나고 팥 심은 데 팥이 나겠지만

풍성한 수확을 기대하려면 좋은 콩과 좋은 팥을 심어야만 합니다.

우리는 아이를 가르치면서 때로 종자론을 거론하기도 합니다.
실제로 우수한 유전인자를 받고 태어난 아이와
좀 열성 유전자를 갖고 태어난 아이는 학습 결과에 많은 차이를 보이
는 것도 사실입니다.

코이의 법칙이라는 말이 있습니다.
일본인이 좋아하는 관상어 중에 코이라는 물고기가 있습니다.
코이는 어항에서 기르면 5~8cm밖에 자라지 않지만
커다란 수족관에 넣어두고 기르면 15~25cm까지,
큰 강물에 방류하면 90~120cm까지 자란다고 합니다.

같은 물고기임에도 활동이 제한된 어항에서는 피라미 같은 작은 물고기로
큰 강물서는 대어가 되는 신기한 물고기이지요.
그러니 처한 환경에 따라 결과가 달라진다는 것도 생각해 볼 필요가
있습니다.
무한한 성장 잠재력을 함부로 판단해서는 안 되는 이유이지요.

그러니 씨앗만 보고는 그 씨앗이 얼마나 크게 자랄는지
또 자라서 어떤 열매를 맺을는지 유추해내기란 쉽지 않습니다.
아이의 능력을 미리 재단하지 말아야 합니다.
지금은 느리게 자라는 듯해도 세월이 지나면 낙락장송이 될는지는
누구도 알 수 없는 일이니까요.

느림의 여유

산수유 꽃밭에서

나무를 심는 것은 미래를 심는 것입니다.
농약 중독을 보이시며 농사를 접기로 한 그해에도
아버지는 뒤뜰에 새끼손가락 같은 살구나무를 심으셨습니다.
곧 이사 갈 걸 무엇 때문에 수고스럽게 나무를 심느냐고
투덜대는 우리에게 조용한 미소만 지으셨습니다.

고향을 떠나 20여 년이 흐른 뒤에
우연히 옛집을 찾을 기회가 있었습니다.
집은 헐리고 새로이 지어진 한옥엔 물레방아가 설치되어 있었고
농가가 아니라 장삿집으로 변모되어 있었습니다.

앞산과 개울 등 산야의 모습을 제외하고는
옛 모습은 거의 찾아보기 힘들었는데
뒤뜰에 심어놓았던 살구나무가 아름드리로 성장하여
무성한 열매를 매달고 자랑스럽게 서있는 모습을 보았습니다.

누구인지는 알 수 없지만
해마다 그 나무로 인하여 행복을 맛보았을 사람들을 생각합니다.

내 것과 네 것이 너무 분명하여 힘든 세상입니다.
하지만 조금 넓은 마음을 갖고 인류 공동 재산이라고 생각하면
우리의 뜰을 좀 더 멋스럽게 가꾸어 나갈 수 있습니다.

지금은 교정에 산수유가 노란 꽃망울을 이었습니다.
누구인지 알 수는 없지만
멀지 않은 옛날에 삽과 곡괭이를 들고 산수유 묘목을
정성스럽게 심은 사람이 있었을 것이고
그 수고로움의 혜택을 우리가 누리고 있는 것이지요.

봄엔 산수유의 노란 꽃이 다소곳합니다.
개나리가 통꽃이라면 산수유는 갈래꽃입니다.
수십 개의 작은 꽃송이들이 옹기종기, 아웅다웅 피어나는 모습은
더불어야 멋있음의 하모니를 안겨줍니다.

낱개로는 큰 아름다움이 없어도
함께할 때 멋스러움을 간직하는 산수유
꽃에서 배워야 할 큰 덕목임에는 틀림이 없습니다.

느림의 여유

백문불여일견

백문불여일견(百問不如一犬)이라고 쓰고
'백 번 묻는 것은 개만도 못한 일이다.'라고 해석합니다.

어린아이들은 호기심이 참 많습니다.
물어봄이 지나쳐 대답하기 귀찮을 때도 많습니다.
아이는 성장하면서 점점 질문이 줄어듭니다.
그것은 호기심이 줄었거나 사물의 이치를 모두 깨쳐서가 아닙니다.
아무리 질문을 해도 소용없다는 처절한 진실을 깨달았기 때문이지요.

왕성한 호기심 엉뚱한 상상은 참으로 좋은 것입니다.
역사적으로 위대한 발명품이라는 것도
이전에는 존재하지 않았던 것이나
상상을 통해서 가능했던 것들을 구체화한 것들이기 때문입니다.

라이트 형제가 하늘을 날겠다고 선언했을 때
그들을 비웃지 않는 사람이 없었습니다.
모두가 불가능하다고 생각한 일에 도전한 결과
비행기라는 하늘을 나는 교통수단을 만들어서

인류를 지구촌이라는 매우 가까운 거리 개념 속에 살게 하였습니다.

요즘은 호기심을 참아야 하는 시대가 아닙니다.
인터넷이라는 가상공간에 존재하는 지식이
키보드로 단어 몇 개 입력하는 단순한 수고로움만 들이면
결과물이 광속으로 눈앞에 날아와 펼쳐지는 세상이 되었습니다.
그러니 백 번 묻는 것은 개만도 못한 일일 수도 있습니다.
우리는 가끔 눈앞에 보이는 지식과
내면화되어 침착된 지식과 혼동하는 경향이 있습니다.

검색되는 지식의 질과 양이 자기 것인 양 착각해서는 안 됩니다.
위대한 발명은 뛰어난 상상과 자신의 노력 산물이기 때문이지요.

중은 도를 깨치러 산으로 가지만
보통 사람들은 인생을 물으려 컴퓨터 앞에 앉습니다.
문제는 누가 검색하든지 인터넷은 항상 비슷한 답을 준다는 것이지요.
같은 답이 틀린 것은 아닐 수 있겠으나
창의적으로 사는 인생에 걸림돌이 되는 것은 사실일 겁니다.

느림의 여유

느림의 여유

길이란 순환구조 속에서 소통의 통로를 의미하기도 하고
인생의 역정과 과정을 통합하는 의미이기도 하며
희망을 노래하는 미래지향적 갈래이기도 합니다.

우린 길에서 사람을 만납니다.
그리고 그 사람의 삶을 더불어 느끼곤 하지요.
도시화가 급속도로 진행된 현대사회에서도
사람이 도시에만 사는 것은 아닙니다.
한적한 시골 마을에도
바닷바람에 씻기고 파도 소리 벗 삼은 해안가 마을에도
속정 깊은 사람들이 살고 있습니다.

여러 가지 삶의 갈래만큼이나
다양한 삶이 존재하는 공간에서는
서로 시간의 흐름이 다릅니다.
도시에서 빠름이 가치 있는 것이라고 한다면
시골에서는 느림과 여유, 인내의 기다림이 가치 있습니다.

일을 빨리하면 좋은 것인지 알았던 시절이 있었습니다.

일을 요구하면 제일 먼저 제출하는 것에 희열이 있었지요.

그런데 지나친 빠름은 오류를 낳을 수밖에 없는 구조로 되어있다는 것과

내가 스스로 시행착오를 겪어주는 몰모트와 같은 역할을 하고 있다는 것을

나이가 들면서 깨달았습니다.

이제 웬만하면 빨리 처리하는 것보다 늦지 않으려 노력합니다.

그것이 삶의 여유를 가져다주고

주변을 돌아볼 수 있는 따뜻함을 안겨 주어서 참으로 좋습니다.

동물의 세계에서도 빠른 속도를 자랑하는 것들은

수명이 그리 길지 못합니다.

느린 듯하지만 꾸준함이 있는 동물이 장수를 누리는 것이지요.

오늘도 춘천 나가는 길 위에 섭니다.

빨리 운전해서는 봄이 오는 깊은 소리를 들을 수 없습니다.

느린 듯한 여유가 행복을 가져다줍니다.

무전제의 사고

중학교 1학년 영어 시간에
호기심 많은 친구가 W를 왜 더블브이가 아니고
더블유라고 읽는지 물었다가
쓸데없는 질문을 한다고 엄청나게 혼나는 것을 본 적이 있습니다.

우리는 일상에서 그저 당연시 여겨서
자신도 의식하지 못한 채 습관적으로 행해왔던 특정 행동들이 있습니다.
일상에서 반복되는 것에 대한 무비판적 행동들이 그런 것이지요.

우린 일출(日出)과 일몰(日没)을 이야기합니다.
해가 뜬다고 하고 해가 진다고 하지요.
실은 해가 뜨고 지는 것이 아니며 단지 지구가 스스로 돌고 있을 뿐인데
그런 표현들이 전혀 어색하지 않음은 자기중심적인 관용적 사고가
포함되어 있기 때문입니다.

우리 사회에서 교육받고 규율을 지키는 것은 일상입니다.

하지만 우리 사회가 인간을 철저히 교묘하게 길들이는 훈육 사회임을 간과해서는 안 됩니다.

근대의 권력은 개인에게 직접적으로 가하는 규제는 줄였지만

개개인의 행동을 통제는 규율과 지도를 통해 권력을 행사합니다.

결국 누가 무서워서 규율을 지키는 것이 아니라,

규율을 지키는 것이 올바르게 사는 길임을 스스로 인정하게 만드는 것입니다.

그러니 이 사회의 규칙들을 떠나 삶 그 자체를 먼저 고민할 수 있어야 합니다.

일상생활에서 우린 동물적 감각에 의존하여 살게 됩니다.

그리고 사물의 본질에 관한 판단을 유보하는 경우가 많지요.

사물에 대한 올바른 사고와 판단을 하지 못함으로 우리는 진실을 보기 어렵고

풍문이나 유언비어 등, 관용적 사고에 곧잘 현혹되고 맙니다.

그러니 선입관이나 일상에서 너무나 당연한 것을 배제하는

무전제(無前提)의 사고를 통하여 가끔 자기 삶을 돌아볼 수 있어야 합니다.

느림의 여유

욕하는 아이들

파리의 지하철을 타보셨는지요?
유럽에서도 선진국이라고 자부하며 자국 언어의 고귀함을
자랑으로 내세우는 프랑스이지만
파리의 지하철은 낙서투성이에 범죄의 소굴로 낙인찍힌 곳입니다.

그 지하철을 보통 사람들이 안심하고 탈 수 있게 하려고
일단 가득 찬 낙서를 지우고 지하철 안의 조명을 훤하게 했다고 합니다.
경찰을 늘이는 것보다 환경을 바꾸는 것이 범죄율을 줄이는 데
훨씬 더 효과적이었다고 하지요.

주변의 환경과 조그만 행동이 밝은 사회를 만드는 데 초석이 됩니다.
요즘 아이들의 대화를 보면 욕 배틀을 하는 느낌이 듭니다.

상대방을 가리지 않고 튀어나오는 욕 앞에서 부모나 교사는 망연할
때가 참으로 많습니다. 태도에 문제가 있어서 야단이라도 칠라 하면
"우이 ㅆㅂ", "열X 짱나." 이런 말이 무시로 튀어나오고
교사를 돕는다고 친구들의 소란을 진정시킬 때도 큰 소리로 "야~ ㅆㅂ
조용히 해~!" 이렇게 표현합니다.

문제는 이러한 욕들이 문제아가 아니라 지극히 평범한 아이들의
입에서 나오는 것들이라는 것이지요.
그러면 그들의 예의 없음에 어른들은 심한 불쾌감을 느끼게 됩니다.

그들을 나무라기 이전에 아이들의 소통 방법에 대해 이해할 필요가
있습니다.
어쩌면 아이들이 내뱉는 욕은 상대방을 무시하거나 비난하는 것이
아니라
그냥 그들의 일상생활에서 아직 정제되지 못하고 튀어나온 의성어일
가능성이 크다는 것이지요.

그렇다고 그들의 욕 문화를 방치하자는 것이 아닙니다.
감정이 격해져 있는 상태에서의 대립은 좋은 결과를 얻기 어렵습니다.
시간이 지난 다음에 조용히 이성적인 대응을 하고
마음을 긍정적인 언어로 표현하도록 유도하는 것이 바람직합니다.

우리는 인성교육 중점기간을 운영하여
학생들 스스로 바른 언어 캠페인 활동 시행, 욕 안 하기 운동,
학생 교사가 함께하는 바른 언어 선서 등을 통해 아이들 인성교육에
힘쓸 필요가 있습니다.

우리 아이들로부터 욕만 분리해 낼 수 있어도
참으로 밝은 세상이 될 터인데….
육두문자를 입에 달고 사는 아이들이 안타깝기 그지없습니다.

느림의 여유

봄을 만끽하며

나뭇가지 끝마다 붉게 물오른 모습으로 찾아온 봄을
감각이 알아채는 것은 쉽지 않은 일입니다.
그것은 미묘한 더딤으로 슬금슬금 우리 곁에 오기 때문입니다.

어느 순간에 확 피어버린 꽃들의 향연이 시작되었을 때
우린 감상에 젖은 마음으로 봄을 한껏 들여놓기 일쑤입니다.
언제 이만큼 자랐을까?
감탄을 연발하며 경이로운 눈으로 보는 새싹의 고도성장에도
느리지만 꾸준하게, 일관되게 길을 걸어온 봄의 여정이 있습니다.
단지 관찰력의 부족이 과정이 생략된 모습으로 나타났기 때문이지요.

봄을 타든 그렇지 않든 간에
온몸으로 봄을 느끼든 느끼지 않든 간에
계절은 모든 생명에게 골고루 피어납니다.

양지바른 산골 무덤가에 붉은 할미꽃의 수줍음을 빌려
논둑에 아지랑이 사이로 앙증맞게 이어난 제비꽃의 진보라 색을 빌려
막 농사가 시작되려는 햇빛 난만한 밭에 피어난 노란 냉이꽃을 빌려

고독과 침묵 속에서 봄은 피어납니다.

생명을 일깨우는 비가 마른 대지에 골고루 내려앉듯이
계절은 바람을 타고 누구에게나 공평한 모습으로 퍼져 나갈 것입니다.

목련 순백의 꽃잎을 볼 때
영산홍의 형언할 수 없는 연분홍 꽃망울을 볼 때
가슴이 벅차오르는 것을 느낄 수 있습니다.

이 봄엔 사랑하는 사람에게 편지를 쓰고 싶습니다.
여린 꽃잎을 책갈피에 끼워 서리서리 간직한 봄을
빨간 우체통에 넣어 소식을 전하고 싶어집니다.

봄!
그대가 있어 정말 행복합니다.
지금 여기에 우리라는 이름으로!

느림의 여유

산수유 유감

산수유인지 구기자인지 모르고 살은 시절이 있었습니다.
그해 가을엔 유난히 산수유가 풍년이었지요.
햇살을 받아 탐스러운 붉음으로 고혹적 자태를 뽐내는
산수유가 구기자인 줄 알았습니다.

방과 후 사다리를 이용하여 주렁주렁한 열매를 참 많이도 털었습니다.
이웃 아주머니들까지 합세하여 털어놓은 열매를 담고 보니
소쿠리마다 그득그득한 풍요로움에
행복을 함께하는 기쁨이 있었습니다.

저녁때 신문지를 넓게 펴고 널어놓은 선홍빛 열매가
자못 넉넉하였습니다.

문제는 그날 산수유 수확에 참여한 사람들이
모두 풀독에 올라 다음 날 두드러기처럼 부풀어 오른 부위를
긁어대느라 정신이 없었다는 것이고
그것이 구기자가 아니라 산수유라는 정체를 알고 난 후의
허탈감의 쓰나미에 정신을 놓았다는 것이지요.

그래도 어렵사리 딴 것이라 햇살 드는 창가에 잘 널어
잡티를 골라가며 한 말을 족히 말렸습니다.
정성을 들인 만큼 잘 마른 산수유를 양파망에 넣어 매달아 놓고서야
산수유는 씨앗을 빼고 말려야 의미가 있다는 사실을 접했습니다.

아듀!
이미 비비 틀어지게 마른 산수유의 씨앗을 빼낼 방법이 없으니
그 산수유는 우리의 노력만 빼먹은 채 텃밭 귀퉁이에
버려지는 신세가 된 것이지요.

그때 깨달은 것이 있습니다.
"아는 것이 힘이다."라는 아주 평범한 사실이지요.

이외수 님의 글 중에
"무식한 귀신은 부적을 알아보지 못한다."란 말이 있었습니다.
ㅠㅠ

느림의 여유

그루터기

그루터기는 베어진 나무의 밑동을 의미합니다.
천 년은 굵어 온 아름 등걸이
하늘 향해 벌린 푸른 가지와
자신의 존재를 마음껏 펼치던 붉은 열매를 다 버린 후에
가슴에 남겨진 옹이처럼 땅에 붙어 존재의 흔적을 기리는 것이 그루
터기입니다.

그루터기는
이미 모든 욕망을 떨쳐버리고 흙과 동질화되어가는
황혼 무렵의 쓸쓸한 뒤안길입니다.

뜨거운 가슴, 사랑으로 타오르던 희열도 있었으나
지금은 적막한 땅, 회색빛 기운이 감도는
그저 내가 이렇게 살았다는 존재의 의식마저도 희미해져
오가는 사람들에게 편히 앉아 쉴 곳을 제공해 주는 것으로 만족하는
그루터기는 마음의 고향과 같은 것입니다.

모든 것을 내려놓고 텅 빈 마음이 될 때

새로운 사랑과 가치를 들여놓을 수 있습니다.
욕심의 긴 터널을 빠져나와야만
자기 자신의 참모습을 온전히 볼 수 있듯이 말입니다.

그렇게 무관심으로 잊혀가고
세월의 흔적으로 사라진다 해도
묵은 그루터기에서도 새순이 돋을 때가 있습니다.

그것이 새로운 천 년의 준비가 되지는 못할는지 모릅니다.
하지만
마지막 순간에도 의미 있는 것을 준비하는
그루터기의 모습은 숭고하기까지 합니다.

술과 매, 세월 앞엔 장사가 없다고 합니다.
흐르는 세월 속에서 언젠가 역사의 뒤안길로 퇴장할 때
흔적으로 남더라도 남에게 쉼을 제공하는
그런 그루터기 모습을 소망해 봅니다.

느림의 여유

흐드러진 봄에

지난겨울 일본 여행을 마치고 귀국길에
면세점에서 명함 크기만 한 카메라를 구매하였습니다.
앙증맞은 크기에 꽤 괜찮은 성능 때문에 구매하였는데
집에 돌아와 찬찬히 살펴보니
전면에 연하게 후지산과 일본 국화인 사쿠라(벚꽃)가 인쇄되어 있어
썩 기분 내키지 않았습니다.

지금 진달래, 개나리, 벚꽃이 한창입니다.
원래 진달래와 개나리가 지고 난 후에 벚꽃이 피는 것이 순서인데
심한 날씨의 변덕은 계절감마저 혼란스럽게 하는 것 같습니다.

개나리가 인공조림에 의한 주택가 담벼락 옆이 제격이라면
진달래는 심산유곡에 자연 발생적으로 다투어 피어난 것이 제격입니다.
우리 민족과 그 궤를 같이해 온 것이 진달래일진대
요즘 봄꽃에 비하여 대접받지 못하는 것 같아 안타까움이 있습니다.

같은 봄에 피어나도 벚꽃은 지역마다 축제를 열고
비슷한 생김새의 철쭉도 철쭉제를 여는데

봄의 전령사인 진달래 축제는 거의 들어본 적이 없습니다.

별도로 조림하고 애써 기르지 않아도
봄이 되면 산야에 다투어 피어나
여린 모습으로 깊은 감동을 주는 것이 진달래입니다.

주무숙은 그의 대표작 『애련설(愛蓮說)』에서
"가원관이불가설완(可遠観而不可褻翫)"이라는 표현을 썼습니다.
연꽃은 멀리서 바라볼 수는 있어도 가까이서 가지고 놀 수는 없는 꽃
이라는 의미이지요.

어쩌면 진달래도 범접할 수 없는 것은 아니지만
가까이 하나하나 뜯어보는 것보다는 먼발치에서
무리 지어 피어있는 모습을 보는 것이 더 아름다운 것인지 모릅니다.

산야에 널려있는 봄의 잔치
고운 빛깔과 향기에 마음껏 취해도
별도의 돈이 들어가거나 금하는 사람이 없으니
이 좋은 계절이 다 가기 전에
봄의 향기에 맘껏 취해 보시기 바랍니다.

느림의 여유

남의 입장 되기

많은 사람이 자신이 보고 경험한 세상만을 진실이라고 믿습니다.
역외 범주에 대해서는 문외한이거나 관심 밖의 일이어서
그런 세계가 존재하는 것조차 알려고 하지 않지요.

그나마 자신이 보는 것도 가치 편향적 프리즘을 통해 보게 됩니다.
즉 자기 자신이 보고 싶은 것만 보고
듣고 싶은 것만 듣는다는 것입니다.

객관적 인지능력으로 사고의 보편타당한 것을 담보하는 것은
애초에 쉬운 일이 아닙니다.
그저 장님 코끼리 어루만지듯이 우린 세상 일부분만을
진실이라고 믿고 살아가는 존재일 뿐이지요.

그러니 나만이 옳다는 생각을 버려야 합니다.
내가 가지 않고 선택하지 않은 길일뿐이니
상대방의 모습도 매우 훌륭하다는 것도 인정해야 합니다.

어디에 있든 무엇을 하든 인생의 주인공은 자기 자신입니다.

그리고 그 시작은 되도록 객관성을 유지하고자 하는 노력입니다.
객관성을 유지하기 위한 참 좋은 방법의 하나는
상대방이 되어보는 것입니다.
한자로는 "역지사지(易地思之)"라고 하지요.

아이의 눈높이로 세상을 바라보는 것
북한 주민의 거친 음식으로 하루를 살아보는 것
막일하는 노동 현장에서 하루 품을 팔아보는 것
나무 책상에 앉아 밤이 이슥한 시간까지 수업과 공부를 병행해 보는 것

어쩌면 우리가 쉽게 누리는 행복이라는 것이
누구에겐 사치일 정도로 절박한 것일 수도 있음을 깨달을 때
마음이 조금씩 열리게 되고
상대방을 조금씩 들여놓게 됩니다.

인간의 행복이 관계성에서 찾아지는 것이라면
생각의 너비와 깊이의 확장을 통한 이해가 필요합니다.

사랑이란 '남의 입장이 되어보는 것'입니다.

느림의 여유

소통하기

배꼽 마케팅이 있습니다. 배보다 배꼽이 큰 경우이지요.
값나가는 별책 부록을 얻기 위하여 잡지를 구매하는 경우가 해당합니다.

농구 경기보다는 치어리더를 보려고 경기장에 가는 사람도 있고
맛난 디저트를 먹고자 주메뉴를 시키는 예도 있으며
아이들과 소통하고자 최신 가요를 듣는 교사도 있습니다.

오늘은 소통에 관하여 이야기하고자 합니다.
OECD는 물론 아시아 국가들과 비교하여도
우리나라의 노인 자살률은 두 배가 넘습니다.
어른과 아이의 대화는 점점 줄어들고 자살률은 점점 높아지는 것이
요즘의 현실입니다.
그 중심엔 대화 상대가 없는 외로움, 즉 고독이 있습니다.

말을 많이 한다고 해서 소통이 이루어지는 것은 아닙니다.
즉 내가 하고 싶은 이야기를 하는 것이 아니라
상대방이 듣고 싶은 이야기를 해야 하는 것이며
그것이 소통의 가장 중요한 부분입니다.

동창생들을 귀신같이 찾아주는 아이러브스쿨에서 시작하여
도토리 까먹는 싸이월드
시시때때로 '좋아요'를 누르는 페이스북
140자 세상을 열은 트위터 등등의 소셜네트워크가 발달한 현대사회는
관계 맺기가 참으로 편리하게 된 것만은 틀림이 없습니다.

이해할 수 없는 것은 소통의 도구는 많아졌는데
사람들은 더 외로워지고, 고독해져 간다는 것이지요.
어쩌면 자기 말만 외치는 인터넷 공간은 1인 감옥을 연상케 합니다.

소통을 잘하려면 상대방에 대한 깊은 관심과 애정이 바탕이 되어야
합니다.
같은 말이라도 상대에 따라서 달리해야 하고
같은 글이라도 읽는 독자에 따라서 달리 표현해야 합니다.
인간은 컴퓨터가 아니기 때문에 명령어가 입력된 대로 작업을 수행하
지 않습니다.

그러니 상대방에 대한 깊은 이해가 선행되지 않으면 소통이 어렵습니다.
우리가 살아가야 할 밝은 세상을 위한 최선의 소통은 공감입니다.
자기의 주장을 줄이고 타인의 의견을 경청할 수 있어야 합니다.

프랑스의 극작가 라로슈푸코는 이런 말을 남깁니다.
"적을 만들기 원한다면 내가 그들보다 잘났다는 사실을 증명하면 된다.
그러나 친구를 얻고 싶다면 그가 나보다 뛰어나다고 느끼게 해주어라."

느림의 여유

메일 쓰기 30년

제가 아침마다 메일을 쓰기 시작한 것이 30년이 넘어갑니다.
저는 아침에 비교적 이른 시간에 출근하는 편입니다.
새벽잠이 없어 일찍 눈이 떠지기 때문이기도 하고
아침밥을 먹고 나면 특별히 할 일이 없기 때문이기도 하고
남보다 조금 이른 시간에 출근하여 자신을 돌이켜보고
새롭게 정비할 수 있는 시간을 가지는 것이 좋기 때문이기도 합니다.

제가 30년 넘게 아침 편지를 보내는 이유는
알량한 지식을 자랑하고자 함이 아니고
글 쓰는 잔재주를 드러내려 함도 아닙니다.

어쩌면 매일매일 공중매체를 통해 쏟아져 나오는
각종 어두운 소식들
흉악범, 사기군, 협잡꾼, 권모술수가 난무한 세상….

하지만 흉측한 것보다는 아름다운 것이 더 많고
아프고 슬픈 것보다는 기쁜 것이 더 많고
우리가 함께 누려야 할 행복의 가치가 더 큼을….

또한 그것을 같이 공유하고 싶기 때문입니다.

아무리 땅이 척박해도
풀들은 제각기 뿌리를 내리고
아무리 세상이 어둡다고 해도
사람들은 희망의 작은 촛불을 켭니다.
누구에겐 스팸일 수도 있고
누구에겐 지워야 하는 귀찮은 쓰레기일 수도 있으며
누구에겐 안구(眼球)의 노화(老化)만 촉진하는 결과를 초래할지라도
작은 촛불을 켜는 마음으로 오늘도 자판을 두드립니다.

저는 글쟁이가 아닙니다.
그것은 글로 밥을 먹고 사는 사람이 아니라는 뜻이지요.
그러니 제 글을 깁고 보태 쓰거나
다른 사람들에게 퍼 날라도 좋습니다.
다만 제 글을 자신의 것인 양 책으로 펴내지만 않으면 말입니다.

느림의 여유

잔인할 달

산은 참 많은 것을 품고 있습니다.
깊은 호흡이 주는 피톤치드의 치유 능력 이외에도
돌과 흙으로 만들어진 길이 주는 건강의 상쾌함과
예기치 않은 곳에서 이름 모를 들꽃을 만났을 때의 청초함
각종 산나물에 약초에 이르기까지
산이 주는 혜택은 무진장입니다.

지난 주말 호미 하나 들고 산에 올랐습니다.
이제 막 봄을 잉태한 산은 연초록의 색을 입느라 분주하고
여기저기 피어난 복수초의 노란색 꽃망울은
휴식에 이은 힐링의 시간을 주었습니다.

둥굴레를 캐는 것이 목적이었는데
가을에 넓게 자란 그 많던 잎들이 마른 대지에 스러져 인멸되어
정작 뿌리를 찾기가 어려웠습니다.

수북이 쌓인 낙엽을 긁어내고야
두툼한 여린 싹이 뾰족이 얼굴을 내밀고 있는

둥굴레를 발견할 수 있었습니다.

나물취는 이제 싹을 틔우느라 엄지손톱만 하게 자랐고
언제 컸는지 달래는 어른 두 뼘만큼이나 성장하였습니다.
홑잎과 산야에 지천인 쑥은 아직 이르더군요.

엘리엇은 「황무지」라는 시에서 4월을 잔인한 달이라고 표현했습니다.
"4월은 가장 잔인한 달,
죽은 땅에서 라일락을 키워내고,
추억과 욕정을 뒤섞고,
잠든 뿌리를 봄비로 깨운다.
겨울은 오히려 따뜻했다 …"

봄이 왔는데 봄 같지 않고, 만물이 소생하는 봄이 오히려 잔인하고
겨울이 따뜻했다는 역설….
때로 현실이 문학보다 더 역설적이긴 하지요?

어쩌면 식물들이 살기 위하여 몸부림치는 노력이 필요한 4월은
말 그대로 잔인할 달이었는지도 모르겠습니다.
하지만 4월이 있어 행복하고, 봄이 있어 행복합니다.
내 인생에서 몇 번의 봄을 더 맞이할 수 있을는지 모르겠지만
남들이 가공해서 전하는 급조된 봄소식이 아니라
봄이 오는 길목에서 오롯이 온몸으로 느끼는 나만의 봄을 간직하고
싶습니다.

느림의 여유

배금주의 유감

옛날 신분사회에서는 태어나면서 귀한 사람과 천한 사람이 구분되었습니다.
물론 부모 선택권이 없으니 신분을 바꾼다는 것은
인위적 노력으로는 불가능한 것이었지요.

하지만 모든 것이 평등해진 요즘은 행위에 따라 귀천이 구분됩니다.
따라서 어떻게 사고하고 행동하느냐 하는 것이
자신의 존재를 규정짓는 가장 중요한 잣대가 됩니다.

자본주의란 말속에는 자본, 즉 자산이 최대의 가치라는 뜻도 함께 들어있습니다.
그러니 자본주의 사회에서 황금만능주의는 너무나 당연한 일이지요.
요즘은 돈이 많고 적음에 귀천의 기준을 두는 사람도 있습니다.
일그러진 황금만능주의의 자화상이지요.

배금주의라고도 불리는 황금만능은 어쩌면 우리 사회에서
거부할 수 없는 현실일 수 있습니다.
그러나 물질이 의식보다 중요하고

돈이 수단이 아니고 목적이 되는 순간 사회는 암울할 수밖에 없습니다.

참으로 이상한 것은 인류의 전 역사를 통해서 가장 풍요로운 지금,
왜 우리는 이렇게도 물질적인 허기를 더욱더 강하게 느끼는 것일까요?
밑 빠진 독처럼 부어도 부어도 채워지지 않는 이 무서운 허기는 무엇
일까요?
어쩌면 이것은 바로 물질로는 결코 채워질 수 없는 물적 욕망이라는
병 때문입니다.

못 가진 자는 가진 자를 부러워하다 못해
부유함을 악의 축으로 규정하는 때도 있고
완력이나 편법을 동원해서라도 부를 빼앗고자
헛된 욕망을 꿈꾸는 사람도 있습니다.

원래 자본이나 돈에는 선악의 개념이 들어있지 않습니다.
그 돈을 대하는 사람의 마음과 행동에 따라 규정되는 것이지요.

우리가 사는 사회에서 돈의 가치는 중요합니다.
하지만 돈의 논리로 인간의 삶의 가치와 목적이 정해진다면
사람이 살아가는 이유, 윤리 의식, 삶의 가치는 그만큼 떨어지는 것입
니다.

인간이 돈을 지배하는 것이 아니라 돈이 인간을 지배하지 않도록
우리 스스로 지나온 삶을 돌이켜 보아야 합니다.

느림의 여유

텃밭 일구기

관사 앞의 살구나무가 엷은 분홍색으로 봄을 유혹하고
냉이며 꽃다지는 벌써 열매 맺을 채비를 합니다.
남쪽에서 시작한 훈풍이 죽은 듯한 나뭇가지를 깨우고
너른 들에 생명의 혼을 불어넣어
푸릇한 내음이 봄의 들녘에 진동합니다.

이른 아침
관사 앞 텃밭을 일구었습니다.
부드러운 흙에 삽날이 박히는 느낌이 참 좋습니다.
잠깐의 수고로움이지만 흙을 뒤집어 잘게 부수고
고랑과 이랑을 가지런히 해놓으니 적잖이 기분이 좋아집니다.

옛날처럼 노동 후의 달콤한 휴식과
누릇한 햇살 아래 이제 막 싹이 돋아나는 밭두둑에 퍼질러 앉아
된장에 막 버무려 내온 봄나물 한 젓가락에
텁텁한 탁주는 없지만 그런 옛일을 추억할 수 있어서 좋습니다.

농사라고 할 것까지는 없지만

텃밭은 단순히 먹거리를 조달하는 것이 아니라
자연이 키워내는 작물들의 성장을 보면서
과정의 기쁨을 맛보고, 잘 돌보는 만큼 풍성함으로 되돌려주는
땅의 정직함을 배우는 자연 학습장입니다.

욕심을 부린다 한들 더 많이 걷을 수 있는 것도 아니고
씨앗을 촘촘히 뿌린다고 한들 수확량이 늘어나는 것도 아니며
빨리 자라지 않는다고 안달한다고 해서 성장 속도가 빨라지는 것도
아닙니다.
씨앗의 발아부터 성장하고 열매 맺는 과정을 충실히 겪은 후에야
가을의 수확을 맞이할 수 있으니 텃밭은 그 자체가 좋은 스승입니다.

올해는 쌈채를 두루두루 심고
호박과 가지, 열무를 한 고랑 가득 심어
결과물을 공유하는 행복을 누려볼까 합니다.

땅만 파놓고 결과를 꿈꾸는 것은 이른 일일지 모르겠으나
봄의 나른한 햇살만큼 푸근한 땅의 정감을 온몸으로 느낀 아침이
참으로 행복하였습니다.

느림의 여유

차별 없는 세상을 꿈꾸며

우린 사농공상(士農工商)을 이야기하며 선비가 으뜸이라고 치켜세우지만
실은 사농공상은 피지배 계급을 의미합니다.
지배 계급을 뜻하는 용어로 공경대부(公卿大夫)가 있지요.

공경이 죽었을 경우 무덤가에 소나무를 심습니다.
대부가 죽었을 때는 무덤가에 측백나무를 심지요.
선비가 죽으면 홰나무(회화나무)를 심습니다.

소나무와 측백나무는 상록수라 사시사철 푸름을 유지하지만
홰나무는 낙엽교목이어서 겨울이 되면 모든 잎을 떨구어 냅니다.
살아서 받은 차별을 죽어서도 받는 셈이지요.

사람은 참으로 이상한 존재입니다. 자신과 다르면 '틀리다.'라고 여깁니다.
그것이 차별의 시작이 되지요.

유럽엔 유색인종을 은근히 무시하고 차별하는 서양인들이 많습니다.
그곳에서 무시당한 유색인종은 자국 내의 외국 근로자를 차별하고
멸시하지요.

또한 멸시당한 근로자는 본국으로 돌아가
그곳의 원주민을 무지하고 가진 것 없는 자들이라고 천대합니다.

운명은 사람을 차별하지 않습니다.
그러기에 서로를 존중하며 귀하게 여기는 세상이 되어야 합니다.
인식 속에 아무런 차별이 없는 세상을 꿈꾸어봅니다.

마틴 루터 킹 목사의 '나에겐 꿈이 있습니다' 일부를 싣습니다.
"나에게는 꿈이 있습니다.
언젠가 이 나라가 모든 인간은 평등하게 태어났다는 것을 자명한 진
실로 받아들이고,
그 진정한 의미를 신조로 살아가게 되는 날이 오리라는 꿈입니다.

나에게는 꿈이 있습니다.
언젠가는 조지아의 붉은 언덕 위에 옛 노예의 후손들과 옛 주인의
후손들이 형제애의 식탁에 함께 둘러앉는 날이 오리라는 꿈입니다.

나에게는 꿈이 있습니다.
언젠가는 불의의 열기에, 억압의 열기에 신음하는 저 미시시피 주마저도,
자유와 평등의 오아시스로 변할 것이라는 꿈입니다.

나에게는 꿈이 있습니다.
나의 네 아이가 피부색이 아니라 인격에 따라 평가받는
그런 나라에 살게 되는 날이 오리라는 꿈입니다."

느림의 여유

신언불미

노자는 『도덕경』에서 다음과 같은 말을 남깁니다.

"신언불미 미언불신(信言不美 美言不信)"

진실한 말은 듣기에 좋지 않고, 듣기에 좋은 말은 진실하지 않다.

"선자불변 변자불선(善者不辯 辯者不善)"

선한 사람은 말이 많지 않으며, 말이 많은 사람은 선하지 않다.

"지자불박 박자부지(知者不博 博者不知)"

진실로 아는 사람은 이것저것 많이 알지 않고, 이것저것 많이 아는 사람은 진실로 아는 자가 아니다.

심리학적 용어로 방어기제가 있습니다.

인간은 떳떳하지 못한 일로 양심의 가책을 느끼게 되면

그럴듯한 이유를 들어서 자기 행동을 합리화하려고 합니다. 위험으로부터 자신을 지키기 위한 무의식적 행동양식을 방어기제라고 하지요.

우린 살아가면서 얼마나 정직하게 살아가고 있을까요?

법을 잘 지키고, 정직하게 살아가는 것은 손해 보는 일일까요?

약간의 거짓과 변명을 곁들여 다소 편안하게 사는 것이 옳은 것일까요?

거짓과 변명은 일종의 습관입니다.

이런 현상은 이상과 현실 사이의 갭에서 발생합니다.
문제는 잦은 변명은 정직하지 못하거나 비겁한 사람으로 인식되어
신뢰가 무너지는 것입니다.

어쩌면 변명은 약자의 비명일 수 있지요. 그래서 강자는 정직을 선택합니다. 지금 조금 힘들고 어렵다고 하더라도 신뢰를 키워주기 때문이지요.

솔직한 것이 경쟁력일 수 있습니다. 잘못이 있다면 당당하게 사과하고, 주변 사람들에게 진심으로 다가가야 합니다.

워비곤 호수 효과가 있습니다. 대다수 사람은 자신을 평균 이상이라 생각합니다. 많은 사람은 자기 자신이 다른 사람에 비하여 좀 더 지성적이고 좀 더 공정하며, 편견이 적은 사람이라고 믿고 있습니다.
하지만 진실은 우리 자신이 생각하는 것만큼 훌륭하지 않다는 것이지요.
그런 현상을 워비곤 호수 효과라고 이야기합니다.

운전하면서 나보다 느리게 가는 사람은 운전 실력이 없는 모자란 사람이고
나보다 빨리 가는 사람은 사고를 유발하지 못해 안달 난 사람이라고
스스로 생각해 본 적은 없으신가요?

스스로 객관적으로 바라볼 수 있어야 하고
그저 평범한 것이 위대하다는 것을 알 수 있어야 하고
자신 또한 그리 훌륭하지 않다는 보편적 진리에 다가가야 합니다.
그래야 정직한 자기 모습이 보이니까요.

느림의 여유

마음을 움직이는 글

조그만 스파크 차량 뒤에 초보 운전을 알리는 문구입니다.
"늙은 부모의 철없는 막내딸이자 한 남자의 애물단지 아내
두 아이를 둔 억척 엄마 되는 사람이 안간힘을 쓰고 있습니다.
내 가족이라 생각하시어 넓은 아량을 베풀어 주시기 바랍니다."

이런 문구가 '답답하시쥬? 저는 환장하것슈~'란 표현보다
설득력이 높습니다.
이는 재치로 사람의 감성을 자극할 수 있기 때문입니다.

실제로 있었던 일입니다. 〈인터넷 퍼온 글〉
어느 시각장애인이 팻말을 목에 걸고 지하철 입구에서
구걸하고 있었습니다.
그 팻말에는 이런 글귀가 쓰여있었습니다.
"저는 태어날 때부터 시각장애인입니다."

지나가는 사람들은 많았으나
그 시각장애인에게 동전을 주는 사람은 그리 많지 않았습니다.
어느 날, 시각장애인이 쪼그려 앉아 빵조각을 먹는 것을 보고

한 청년이 시각장애인에게로 다가왔습니다.

그리고는 그 시각장애인을 위해 팻말의 글귀를 다음과 같이 바꾸어 줍니다.

"저는 봄이 와도 꽃을 볼 수 없답니다…."

단순히 글귀만 바꾸었을 뿐인데도
많은 사람이 동전을 놓고 사라졌습니다.
단순히 현상을 나열하는 것보다는 감정에 호소하는 묘사가
사람들의 마음을 움직였기 때문입니다.

최치원은 20세에 황소의 난을 당하여 「토황소격문」을 지어
난리를 평정했다는 일화가 있습니다.
링컨의 노예 해방의 역사 뒤안길에는
스토우 여사의 『엉클 톰스 캐빈』이라는 위대한 책이 있었지요.

그래서 펜은 칼보다 날카롭습니다.
한 줄의 글이 인생을 바꿔놓을 수도 있고 보면
마음을 움직이는 힘을 지닌 글을 쓰면서 두려워하지 않을 수 없습니다.

느림의 여유

옛사람처럼 드세요

세상이 빠름에 미쳐 돌아가고 있습니다.
먹거리도 패스트푸드가 거리를 점령하고
백화점의 목 좋은 곳에 있는 것도 이미 조리된 패스트푸드 점포입니다.

슬로푸드로써의 삶의 여유를 잊어버린 것이 오래되었고
소박하지만 영혼을 살찌우는 옛 음식에 대한 추억도
역사의 뒤안길로 사라져 가고 있습니다.

세상은 더 편리해졌고
더 간편해졌고, 더 잘 먹고 있지만
그 대가로 시간을 잃어버렸고,
소박한 정이나 삶의 여유도 함께 잃어버리고 말았습니다.

정성스레 손맛을 자랑하던 먹거리는
기계화된 장치 속에서 대량 생산되는 것으로 바뀌었고
보리밥에 된장을 얹어주는 따뜻한 밥상머리는
간단하지만 각박한 밥상으로 바뀌었습니다.

먹는 것은 가장 기본적인 삶의 형태입니다.
그것이 인생의 조급증과 인내하지 못하는 생활양식을 잉태하였고
빨리빨리 문화로서 성급함으로 정착되었습니다.

음식은 생명입니다.
또한 관계이기도 하지요.
패스트푸드는 자신이 무엇을 먹는지, 그것이 어디서 오는지
또한 지구와 환경에 어떤 영향을 주는지 관심 두기 어렵게 합니다.

여러분의 삶의 속도는 어떤가요?
도시의 숨 막히는 경쟁 속에서 앞만 보고 달려왔다면
이제 주변의 사람을 돌아보고 정을 나누어야 합니다.
그것이 인생을 행복하게 만들기 때문입니다.

느림의 여유

촌스러움

촌에서 나고 자라 약간의 어수룩함을 간직한 사람을
우린 촌스럽다고 표현합니다.
촌스러운 것은 세련됨과는 거리가 멀고
그 말속에는 상대방을 약간 얕잡아보는 비하의 념(念)이 실려있습니다.

그러니 촌티 난다거나 촌빨을 날린다는 표현은 있어도
서울티 난다거나 도시빨을 날린다는 표현은 없습니다.

저는 도시화의 물결 속에서 뒤처져 영악스럽지 못한 시골스러움이 좋
습니다.
어쩌면 현대인들은 변화와 속도가 대세인 사회에서
그 반대급부로 시골의 고즈넉함과 여유로움을 동경하고 꿈꾸는지 모
릅니다.

4월의 들녘엔 볍씨를 물에 불려 대나무를 휘어 야트막한 비닐하우스로
모판을 만드는 전원 풍경과
호박씨를 심고 그 부분에만 고깔처럼 비닐로 씌워놓은 모습들
달래, 냉이, 고들빼기, 둥굴레, 삽추, 잔대 등등

산야에 지천으로 널려있는 먹거리들
느릿느릿하지만 꾸준함이 있는 들녘이 참으로 좋습니다.

어쩌면 촌스럽다는 것, 시골스럽다는 것은
고향스럽다는 말과 동격이고 푸짐함의 상징입니다.
이웃과의 소통을 외면한 개별화된 삶 속에서 이루어지는 일상보다는
마을 앞에 큰 솥단지를 걸어 놓고 공동체 속에서 함께하는 삶이 더
어울리는 법이니까요.

도시가 군중 속에서의 고독을 의미한다면
시골은 자연 속에서 정을 바탕으로 한 어울림을 의미합니다.
도시에서 느낄 수 없는 정감이 시골엔 어느 곳이나 질펀하게 녹아있
기 때문입니다.

달랑 삽 한 자루 들고 텃밭에 서는 순간
저는 하나의 촌부가 됩니다.
과정을 뛰어넘는 꼼수가 없는 시골은 공간을 넘어 삶의 멋스러움입니다.

느림의 여유

사람이 전부입니다

"人人人人"이라는 말씀이 있습니다.
어떻게 해석할지 난감한 표현이지요.
그 풀이는 이러합니다.
'사람이면 다 사람이냐? 사람다워야 사람이지.'

또 "君君臣臣 父父子子"라는 말씀도 있지요.
'임금은 임금다워야 하고, 신하는 신하다워야 하며
아버지는 아버지다워야 하고, 자식은 자식다워야 한다.'
이렇게 풀이되는 글입니다.

우린 사람이 지니는 가치를 쉽게 말할 수 없습니다.
온 우주를 통틀어 오직 하나밖에 없는 유일한 존재이기 때문이지요.
고전 대부분은 돈을 벌어 입신양명으로 출세하는 데 초점이 있는 것
이 아니라
관계 속에서 사람을 얻는 것에 초점이 맞추어져 있습니다.

역사적으로 위대한 치적을 남긴 왕들은
왕 스스로 똑똑하고 부지런한 일도 있지만

현명한 사람을 얻어 치적을 쌓는 경우가 많았습니다.

그러니 한 사람의 핵심 인재가 모두를 먹여 살릴 수도 있고
한 사람의 불량 인재가 전체를 멍들게 할 수도 있는 것입니다.
따라서 사람과의 관계를 맺고 신뢰하는가 하는 것은
조직과 기업을 떠나 가정과 사회에서도 중요한 것입니다.
길을 가는 것도 중요하지만, 누구와 함께 가느냐 하는 것이 중요하고
일을 하는 것도 중요하지만, 누구와 함께하느냐 하는 것이 중요합니다.

자리가 사람을 만드는 예도 있지만
사람이 자리를 만드는 경우가 훨씬 더 많음을 인정해야 합니다.
사람이 먼저이고
사람이 전부입니다.

어느 회사에서 면접관이 질문한 것입니다.
런던에서 파리까지 가장 빨리 가는 방법은?
가장 우수한 대답은 이것이었답니다.
"좋아하는 사람과 함께 가는 것."

그러니 사람을 귀히 여겨야 합니다.

클라우드 세상

한적한 도로, CCTV도 없고, 경찰도 없는 곳에서
자연스럽게 신호위반을 하였는데
난데없이 빨간 딱지가 날아와 놀라신 적이 있는지요?
뒤따라오는 차량의 블랙박스에 찍힌 영상이 제보된 것이지요.

요즘 사회는 우리의 일거수일투족이 알게 모르게 누군가에 의하여
기록되고 관리됩니다.
도로에 촘촘히 널려있는 방범 카메라는 애교일 뿐이지요.
주택가 골목길, 지하 주차장, 한적한 대로변….
모든 생활권에서 잘 인지하지 못하는 가운데 CCTV가 노려보고 있습
니다.
사생활 노출의 무방비 시대가 도래한 것이지요.

이는 단지 외형적으로 보이는 것에만 국한되는 것이 아닙니다.
우리가 스마트폰을 들고 있는 순간 GPS를 켜지 않아도
누군가 위치 추적을 통해 개인정보를 수집할 수 있고
문자나 통화 내용도 기록되고 도청될 수 있습니다.

10년 전에 올린 글이 인터넷 어느 구석에 존재하다가
신상 털기란 이름으로 세상에 공개되기도 하니
잊힐 권리가 존중받지 못하는 시대인 것만큼은 틀림없는 것 같습니다.

문제는 정상적인 금융거래나 인터넷 활동이
서버가 몽땅 털려 내 개인 정보가 송두리째 피싱 업체로 넘어가
불필요한 안내 전화로 인한 짜증을 감내해야 하고
심지어 내가 구매하지도 않은 물품의 대금 결제로 피해를 보기도 합니다.

문자는 보기만 했는데도 소액 결제로 내 통장에서 돈이 사라지고
미끼 자료에 홀려 회원가입만 했는데도 통장에서 돈이 줄줄 샙니다.

내 생각, 내 경험, 우리들의 관계와 이야기들이 어딘가에 기록되고 있다는 사실
앞으로 디지털화가 가속화될 때 우리의 생각과 신체 반응까지도
저 너머 어딘가 클라우드라고 불리는 공간에 널려있을는지 모릅니다.

무언가 거대한 손이, 보이지 않는 곳에서의 눈이
우리를 감시하고 있는 듯한 기분을 지울 수 없습니다.
중요한 것은 정보의 주체와 판단의 주인입니다.
늘 떳떳해야 하고, 깨어있어야 하는 이유이기도 하지요.

느림의 여유

식물의 방어기제

식물은 지구상에서 유일하게 스스로 영양을 만들어 내는 생물입니다.
이런 현상을 자가 영양이라고도 하고 독립영양이라고도 표현하지요.
평생을 제 자리에서 움직이지 못하고 살아야 하는 식물들도
스스로 지키는 방어기제를 갖고 있습니다.
상당히 전략적이기까지 하지요.

우리가 숲에서 삼림욕을 하는 이유는
피톤치드라는 물질 때문인데요.
식물이 병원균이나 해충, 곰팡이 등에 저항하기 위해 스스로 내뿜거나
분비하는 물질입니다.

흑겨자의 자기방어 능력은 애절하기까지 합니다.
나비 애벌레가 자기 잎에 알을 낳으면
스스로 주변의 세포 조직을 괴사시켜 알이 제대로 부화하지 못하도록
막습니다.
일종의 고육지책인 셈인데 그 생존 본능이 눈물겹습니다.

구근류로 레코드판의 확성기처럼 커다란 꽃으로 아름다움을 뽐내는

봄철의 아마릴리스도

이를 먹으면 구토나 설사, 복통, 침 흘림 등을 유발하는 독성을 갖고
있습니다.

이러한 독성이 천적으로부터 자신을 지켜주는 역할을 하지요.

그런가 하면 가시로 온몸을 치장하여 적으로부터 공격을 방어하는
나무도 많습니다.

두릅, 가시오가피, 엄나무, 산딸나무…. 등등의 나무가 그러하지요.

가시가 많은 나무는 이미 방어기제를 가진 덕에

독이 없는 것이 특징입니다.

봄철 산에 오르면 가시 많은 나무가 종종 보입니다.

대부분은 독성이 없는 나무이니

그 여린 잎을 따 데치거나 삶아서 묵나물이나 무쳐 먹어도

별 탈이 없답니다.

산이 날로 푸르러져 갑니다.

산은 푸르러야 진정한 멋이 느껴지지요.

그 산에 들면서 식물과 산을 배우고 이해한다면 좀 더 좋은 산행이
되지 않을까 하는 마음이 듭니다.

산이 주는 고즈넉함 속에서의 행복을 가끔 맛볼 수 있는

넉넉한 생활을 즐기시기 바랍니다.

느림의 여유

나무처럼 나이 들수록 아름다워지는 것은 없습니다. 넓어진 품만큼 그늘을 만들어 많은 것을 품어냅니다. 이는 속으로 새겨진 나이테만큼이나 침묵의 세월을 보내며 모든 풍파를 고스란히 몸속에 새겨 넣었기 때문일 겁니다.

제2장

나무에서
배우기

창조적 마인드 기르기

아이폰 하나의 가격이 100원이라고 한다면
LCD 패널이나 안테나, 전자 기판과 같은 부품이 30원이고
인건비라고 할 수 있는 조립 비용이 5원이랍니다.
즉 아이폰 하나를 만드는 데 35원이면 족하다는 것이지요.

그러면 나머지 65원은 어디로 갔을까요?
아이러니하게도 제품을 만드는 창의력과 디자인을 제공한
애플(Apple)사의 몫이랍니다.

이를 뒤집어 이야기하면 온종일 허리가 부러지게 일한다고 하더라도
남이 시키는 대로 조립하는 삶은 5원짜리 인생밖에는 되지 않는다는
슬픈 현실입니다.

교실에는 공부만 잘하는 아이만 모여 있는 것이 아닙니다. 공부와 담쌓
고 친구 만나는 것과 점심의 즐거움 때문에 학교를 다니는 학생도 있고
밤을 새운 게임 후유증을 매시간 잠으로 보충하는 아이도 있고
아침부터 저녁까지 공책이나 책의 빈 곳에 그림으로 채워 넣는 아이
도 있습니다.

내 고향 춘천엔 Animation 산업이 둥지를 틀고 있습니다.
애니메이션 제작 회사도 있고, 애니메이션 박물관도 있습니다.
그림이 소질 있는 인재들이 필요한 동네이기도 하지요.
문제는 그림에만 소질 있는 아이들은
밑그림을 그리거나 컴퓨터 그래픽에 색을 입히거나
렌더링 관련 작업에 투입됩니다.
그들이 받는 월급은 아이폰의 5원에 해당합니다.

65원을 가져가는 것은 스토리텔러들과 기획력 있는
창조적 마인드를 가진 집단이라는 것이지요.

어쩌면 선진국들은 기술력을 바탕으로
브랜드 가치와 원천 기술을 가지고 고액을 버는 반면
후진국은 노동력만을 제공하고 싼 임금에 만족해야 합니다.

우리 교육을 돌이켜 보면 지나치게 경직된 것 같습니다. 톡톡 튀는 개
성보다는 침묵하는 범생이의 모습을 더 선호해 왔는지도 모르지요.
　현대를 살아간다는 것은 아이디어와 창의력의 경쟁력을 갖추어야 함
을 의미합니다.

　좀 엉뚱한 아이들의 정신세계를 깊은 관심으로 들여다볼 필요가 있다
는 것이고 교과서를 중심으로 정해진 트랙으로 달려가는 것도 중요하지만
　가끔은 개방된 사고를 갖고 생각하는 아이로 키워가는 것도 중요한
것임을 잊지 말았으면 하는 바람이 있습니다.

나무에서 배우기

슬픈 역사도 역사입니다

역사 대부분은 죽은 자에 대한 기록이지만
살아있는 자들의 기억과 판단에 따라 후대로 전해집니다.
역사의 기록은 대부분 문자에 의하여 주도됐으며
현대에 이르러 사진이나 동영상으로 기록되고 보존되기도 합니다.

오늘의 기록과 개개인의 삶의 모습은
지나가는 시간 속에서 자취도 없이 소멸하는 경우가 많고
역사는 덩치 큰 일이나 이슈 되는 일들이 일부 힘 있는 자들의 욕망 때문에
기록되고 유지되는 경향이 있습니다.

함석헌 선생의 『뜻으로 본 한국 역사』의 일부분을 싣습니다.
"쓰다가 말고 붓을 놓고 눈물을 닦지 않으면 안 되는 역사,
눈물을 닦으면서도 그래도 또 쓰지 않으면 안 되는 이 역사,
써놓고 나면 찢어 버리고 싶어 못 견디는 이 역사,
찢었다가 그래도 또 모아대고 쓰지 않으면 아니 되는 이 역사.
이것이 역사냐? 나라냐? 그렇다, 네 나라며 내 나라요,
네 역사며 내 역사니라."

역사에서조차 교훈을 얻지 못하는 민족에겐 미래를 기대할 수 없습니다.

많은 사람에게 슬픔과 고통을 안긴 작금의 사태를 생각합니다.

도덕적으로 도저히 이해할 수 없는 안타까운 현실을 접하면서

이런 역사가 다시는 되풀이 되지 않기를 간절히 소원합니다.

슬픔에만 빠져 삶을 돌아보지 않으면 안 됩니다.

그 뜻은 역사에 새기고 잊지 않고 기억하되

현실을 직시하고 봉합해야 할 것은 해야 합니다.

그것이 남아있는 사람들의 몫일 수 있지요.

부정하고 싶지만 슬픈 역사도 역사입니다.

부끄러운 역사도 우리에게 큰 교훈을 남기고

잘못된 역사도 내일을 가르치는 데 초석이 됩니다.

선진국의 문턱에서 일어난 후진국형 사건도 문제이지만

우왕좌왕하는 위기관리 능력의 부재도 문제입니다.

지금의 시점에서 누구를 탓하고 원망하는 것은 옳은 처신이 아닙니다.

이제 서로 의지하고 훌훌 털고 일어나야 합니다.

그것이 먼저 간 숭고한 생명에 대한 예의이고, 역사에 대한 책임입니다.

– 세월호 사건을 생각하며

나무에서 배우기

계절감 상실의 시대

"보옴, 여어르음, 가을, 결"이라는 말이 있습니다.
여름은 길고 겨울이 짧아진 세태를 빗대어 하는 말이지요.

1988년 교사 초년병 시절에 저는 태백에 있었습니다.
그곳은 해발 600m 이상이라
산고춘불입(山高春不入, 산이 높아 봄이 오지 못하는구나)의 경지를 느낄 수 있는 곳이지요.
5월 5일에도 함박눈이 펑펑 내리기도 했으니까요.

지난봄 20여 년 만에 태백을 다시 찾았습니다.
산천은 바뀐 것이 없건만
봄꽃의 개화 시기를 보니 산 아래 동네와 계절감이 한층 가까워진 것을 피부로 느낄 수 있었습니다.
선풍기 없이 살았던 이곳에 에어컨을 설치한 집이 늘고 있다는 것은 작은 사건이 아닙니다.

어린 시절엔 유월에 모내기하였습니다.
긴긴 해에 제비들이 어린 새끼를 보듬어 키우느라 분주하고

집 앞 뽕나무밭엔 오디가 주렁주렁 익어가고
가시덤불 속에서 산딸기가 수줍게 붉어가는 때쯤이면
골짜기의 계곡물을 막아 논에 물을 대고
잘 삼긴 논에 모내기하였습니다.

그러나 지금은 4월 말인데도
논마다 물이 그득하여 곧 시작될 모내기를 예고하고 있습니다.
계절이 한 달이나 앞당겨진 것이지요.

화분에서 자란 식물이 죽는 것은 식물의 잘못이 아닙니다.
식물은 자살이라는 개념을 배운 적이 없으니까요.
즉 관리를 잘못했거나 환경을 맞추어주지 못한 결과가
죽음으로 나타나는 것이지요.

선사시대부터 지구상에서 멸종한 종의 절반은 최근 300년의 일이며
300년 중에서도 그 절반은 최근 10년의 일이랍니다.
물론 어느 동식물은 한 번도 본 적도 없고
관심 영역 밖의 일일 수 있지만
멸종하는 종이 늘어가는 요즘
환경의 재앙을 염려하지 않을 수 없습니다.

일부 종이 사라지는 것을 가벼이 여겨선 안 됩니다.
우리네 인류도 하나의 종이기 때문입니다.

나무에서 배우기

라일락 나무 앞에서

나무를 보고 있으면 세월이 보입니다.
등걸에 켜켜이 붙어있는 거친 껍질에
인고의 세월, 오랫동안 그 자리를 지킨 고독이 묻어있습니다.

누군가의 관심이 없어도
향기에 취(醉)하고 열매를 취(取)하며, 그늘의 은혜로움을 입고
감사하는 념(念)을 고백하지 않아도
나무 아래서 청춘 남녀들의 사랑과 이별이 존재한다고 해도
나무는 마냥 그 자리에서 잎을 틔우고 꽃을 피우고 열매를 맺습니다.
즉 한결같음과 변함없음의 아이콘이 나무인 셈이지요.

관사 앞에 수령이 족히 200년은 넘은 듯한 라일락이 있습니다.
이제 고목이 되어 비비 틀어진 자태엔 세월이 휘감겨 있고
지난겨울 혹독한 추위에 일부는 말라 죽었지만
낭만의 봄을 맞아 여전히 꽃을 피워 향기가 풀풀합니다.

오늘날 우리가 사용하고 있는 향기는 6,000종이나 된다고 합니다.
그중에 4,000종은 식물이나 동물 등 자연에서 얻어진 것이라고 하고

2,000종이 합성 물질이라고 합니다.
인공적으로 향기를 만드는 기술이 아무리 발전한다고 하더라도
봄의 자연에 흐드러지게 피어있는 꽃이나
삼림이 자연스럽게 뿜어내는 녹색의 향기보다 나을 수는 없습니다.

아침에 싱그러운 봄내음에 실려 코끝을 스치는 라일락 향은
세월이 주는 또 다른 선물입니다.

한자 성어에 다음과 같은 것이 있습니다.
"화향백리(花香白里) 꽃의 향기는 백 리를 가고
주향천리(酒香千里) 술의 향기는 천 리를 가지만
인향만리(人香万里) 사람의 향기는 만 리를 간다.

난향백리(蘭香白里) 난의 향기는 백 리를 가고
묵향천리(墨香千里) 먹의 향기는 천 리를 가지만
덕향만리(德香万里) 덕의 향기는 만 리를 간다."

봄 향기를 대하며 더불어 사람 냄새나는
싱그런 세상을 꿈꾸어봅니다.

나무에서 배우기

반대로 행동하기

영어 표현에 "Big Mouse Women(BMW)"이 있습니다.
단어 그대로 해석하면 '입 큰 여자'라는 의미지만
속뜻은 '남의 말을 많이 하는 떠버리'라는 의미입니다.

남의 잘못에 대하여 떠벌리는 것만큼 재미있는 일도 없습니다.
집단 상담 코너에서 남의 장점에 관하여 이야기해 보라고 하니까
시간이 지날수록 재미없어 하는 사람이 늘더니
남의 단점을 이야기하라고 하니까
너무 재미있어하고 얼굴에 생기가 돌며 활력이 넘치더라는 말씀이 있
습니다.

어쩌면 우리는 속마음을 숨기고 반대로 행동하는 경우가 많습니다.
부정을 저지른 자를 몰아내야 한다고 입에 거품을 무는 사람은
실제 부정을 저지를 가능성이 큰 사람이고
부자들은 다 도둑놈이라고 힐난하는 사람은
사실 부자가 되고는 싶은데 될 수 없으므로
욕망의 좌절에서 나오는 화가 표출된 것에 불과한 경우가 많습니다.

회식 후 돈을 내려고 경쟁적으로 계산대를 점령하는 사람 중에는
가난함으로 인해 경제력을 뽐내고 싶은 마음이 앞서는 사람이 많고
쉽게 분노하고 주먹 휘두르기를 좋아하는 사람은
실제로 자신의 연약함을 포장하고 있는 경우가 많습니다.

남의 잘못을 지적하고 비난하기는 쉬운 일이지만
자기 잘못을 자각하고 인정하기는 쉬운 일이 아닙니다.
다른 사람의 삶에 관심과 에너지를 쏟을 힘이 있다면
그 힘으로 자신을 돌아보아야 합니다.

그리고 반대로 행동하기는 위와 같이 쓸모없는 데 낭비할 것이 아니라
자기가 하고 싶지 않은 일을 적극적으로 하는 데에 사용하는 것이 좋
습니다.
또한 남들이 가려고 하지 않는 길을 적극적으로 가는 것도 바람직하
지요.

그것이 항상 새로움으로 채우는 역동적인 자아를 만들어주니까요.

나무에서 배우기

털의 역사

"원숭이 똥구멍은 빠~알~개~"
어렸을 때 자주 불렀던 동요입니다.
이는 원숭이 엉덩이에만 털이 없으므로 생겨난 노래이지요.

지구상에 존재하는 포유류 대부분은 온몸을 털로 감싸고 있습니다.
그런데 유독 인간은 신체의 극히 일부분에만 털이 남아있고
나머지는 사라져 버렸습니다.
원숭이가 이상한 것이 아니라 인간들이 이상한 것이니
어쩌면 놀림감의 대상이 원숭이가 아니라 인간이 돼야 하는 것인데
주객이 전도된 느낌이 듭니다.

왜 인간의 몸에서 털이 없어졌을까요?
사냥할 때 몸에서 나는 열을 손쉽게 방출하고자 털이 없어졌다는 설
도 있고
초기 인류가 얕은 물에서 반 수중 생활을 하는 바람에 물속에서 거
추장스러워
수생 포유동물처럼 털이 없어지게 되었다는 가설도 있고
심지어 기생충의 서식지를 없애고자 털이 사라졌다는 설도 있습니다.

하지만 어느 것 하나 속 시원히 진실을 설명해 주지는 못합니다.

머리와 겨드랑이 불두덩에 남아있는 털은
햇볕으로부터 몸의 보호와 페로몬을 퍼트리는 기능 때문에
살아남았다고 설명하기도 하지요.

영국 동물학자 데스먼트 모리스가 『털 없는 원숭이』라는 책을 펴낸
이후로
털에 관해 관심이 커진 것도 사실입니다.
이제 우리네 인간으로 돌아와 성찰해 보면
신체 외부로 드러난 털은 머리카락과 수염밖에는 없습니다.
수염은 대체로 밀고 살기에 머리카락에 집중될 수밖에 없지요.

오늘도 아이들은 짬짬이 거울 앞에서 화장합니다.
그중에서 가장 공을 들이는 것이 머리이지요.
실제로 여성의 머리 맵시는 분위기 및 멋을 내는 데 매우 큰 역할을
하는 것도 사실입니다.

일제 강점기 때에는 상투를 지키고자 목숨을 내놓는 일도 있었고
70년대에는 남성의 장발을 단속한 적도 있습니다.
많은 규제가 풀어진 지금
하고 다니는 것은 자신의 몫이겠지만
명품 머리 맵시만 고집할 것이 아니라 명품 인생도 함께 꿈꾸었으면
하는 바람이 있습니다.

나무에서 배우기

양농불위

『순자』에는 다음과 같은 글이 나옵니다.
"良農不爲 水旱不耕(양농불위 수한불경)"
훌륭한 농부는 홍수나 가뭄을 당해도 밭을 가는 손을 멈추지 않는다.

'날궂이'라고 들어보셨는지요?
어릴 적 달력 속에 들어있는 요일은 큰 위력을 발휘하지 못했습니다.
눈 뜨면 밭에 나가 일에 매달려 사는 것이 일상이었기 때문이지요.

그런 농부도 쉬는 날이 있습니다.
비 오는 날이 그날이지요.
따라서 비 오는 날 부침개 한 소당에 막걸리 한 사발 하는 것을 날궂
이라고 합니다.

농부처럼 열심히 일하는 사람도 없을 것입니다.
일한 만큼 잘사는 세상이라고 한다면
최고의 부자는 당연히 농부가 되어야 한다고 생각합니다.

그런 농부가 비가 계속된다고 해서

가뭄이 계속된다고 해서
밭을 갈지 않는다면
그 어려움이 해소되었다고 하더라도
바로 씨를 뿌릴 수 없습니다.

어려운 때 미리미리 준비하면
때가 이르면 무엇이든 해낼 수 있습니다.
우리 삶에는 항상 적당한 햇빛과 적당한 비가 내리는 날만 존재하는
것이 아닙니다.
때론 광풍이 때론 폭풍우가 휘몰아칠 때도 있고
석 달 열흘 비가 내리지 않아 타들어 가는 마음이 될 때도 있습니다.

훌륭한 농부는 홍수나 가뭄을 당해도 결코 밭 가는 것을 포기하는
법이 없습니다.
힘들어도 열정을 잃지 않고
위기를 극복해 나가는 지혜를 말씀하고 있는 것이지요.

나무에서 배우기

인품에 대하여

"난생유곡 불위막복이불방(蘭生幽谷 不爲莫服而不芳)
군자행의 불이막지이지휴(君子行義 不爲莫知而止休)"
깊은 골짜기에서 자라는 난초는 꽃을 알아주는 사람이 없다고 해서
향기를 뿜지 않는 게 아니고
군자는 알아주는 이가 없다고 해서 의로운 일을 행하는 것을 멈추는
것은 아니다.

그렇습니다.
산속의 야생초는 알아주는 사람이 없다고 해서 향기를 멈추는 것이
아니고
제대로 된 사람은 보지 않는다고 해서 할 일을 멈추는 것은 아닙니다.

우리는 인간의 품격을 인품(人品)이라고 이야기합니다.
인품에도 제각기 향기가 있습니다.
어쩌면 우리 뇌리에 박혀있는 추억의 뿌리는
이 향기일 가능성이 큽니다.

향기 나는 사람이 되어야 합니다.

향기란 꽃이 절정에 이르러 가장 고결한 순간에
자연스럽게 밖으로 풍기는 좋은 내음이기 때문입니다.

살아가면서 자신을 기만하고 억지스럽게 ~척하면서 사는 것은
순간일 수는 있어도 지속적일 수는 없습니다.
세월은 사람의 껍데기를 벗겨 참모습을 보여주는 놀라운 마력을 지녔
으니까요.

우리는 수많은 사람과의 관계 속에서 살아갑니다.
관계란 만나서 겪어온 경험치 전부일 수 있습니다.
그러니 우린 사람을 겪어온 경험에 의지하여 살아가는 것이라고 할
수 있습니다.

누가 보아주지 않으면 피어난 꽃이 미워지는 것이 아닙니다.
누가 알아주지 않으면 향기 나는 꽃이 악취로 변하는 것도 아니지요.
그 반대로 밉거나 악취 나는 것이 보거나 알아준다는 이유만으로
향기로워지는 것도 아닙니다.

그러니 흔들림 없이 자신의 길을 갈 수 있어야 합니다.
또한 스스로 소신을 저버리거나 굽혀서도 안 되지요.
품성이란 하루아침에 만들어지는 것이 아니니까요.

나무에서 배우기

자식을 잘 기르려면 농사를 지어라

너른 들에 농사가 시작되었습니다.
봄 가뭄에 타들어 가던 대지에 단비가 내리던 날
우중에 비를 맞으며 옥수수 묘목을 심었습니다.

농사를 지어보니
씨앗을 뿌려 한 번도 옮겨 심지 않은 작물보다
옮겨 심은 작물이 뿌리도 튼튼하고 수확물도 많았습니다.
이식하면 직립 뿌리보다 잔뿌리가 왕성하게 늘어나
풍수해에도 강하고 튼튼하게 자라는 것이지요.

물론 식물을 옮겨 심으면 적응장애로 인해 몸살을 앓기도 하지만
식물의 성장과 번식의 메커니즘을 볼 때 적응력이 강화됨은 물론
잎도 무성하고 열매가 풍성하게 마련입니다.

농사는 잡초와의 싸움이기도 합니다.
잡초 제거는 작물이 어렸을 때 잘해 주어야 합니다.
작물이 성장을 이루어 왕성하게 번식하게 되면
잡초도 햇볕을 받을 수 없어 성장할 수 없게 됩니다.

농사는 과정의 아름다움과 결과를 얻기까지의 인내의 산물입니다.
늘 그냥 있는 것 같아도 하루라도 성장을 멈추는 날이 없으니까요.
보이지 않는 곳에서 조금씩의 발전이 나중에 좋은 결실로 나타납니다.

쉬운 농사짓기로 화학비료를 잔뜩 주고, 농약을 듬뿍 치며
성장 촉진제와 착색제 방부제를 수시로 뿌린다면
이는 오염 덩어리의 농작물로 결국 해로운 결과물이 됩니다.

아이를 기르는 이치도 이와 같습니다.
식물이 성장을 이루면 더 이상 김을 매주지 않아도 되는 것처럼
아이들도 강하게 키우려면 홀로 설 수 있도록 해주어야 합니다.
그것이 사회를 지탱하는 튼튼한 뿌리가 되니까요.

나무에서 배우기

사건의 일상화

어느 마을에서 제사 지내려 단에 정화수를 떠놓았는데
산에서 늑대가 내려와 그만 그 물을 마셔버렸습니다.
다음 날도 그다음 날도 늑대가 제단의 물을 더럽히니
마을 사람들은 망도 보고 늑대를 쫓아도 보았지만, 소용이 없었습니다.

그 일이 반복되자 늑대란 놈은 점점 뻔뻔해져서
마치 제단 정화수가 원래 제 몫이라도 되는 양 거리낌이 없었습니다.
문제는 그렇게 세월이 흐르자 어이없게도 늑대가 제단 정화수를
마시는 것이
제례 절차 중 하나로 굳어지게 됩니다.

몸과 정신이 온전한 남성은 누구나 국방의 의무를 지고 군대에 갑니다.
군대 생활을 가장 편하게 하는 방법은 고문관이 되는 것이지요.
원래 고문관이란 자문으로 의견을 말하는 직책이지만
군대서는 아군이지만 적군과 같은 능력을 발휘하는 군인을 의미합니다.

처음이 어렵지, 몇 주일 버티며 구제 불능이 되면
저놈은 으레 그런 놈이라고 포기를 하게 되지요.

우리 일상에서도 막무가내여서 부딪치기 싫은 사람이 있습니다.
자기 마음대로 행동해도 뒤에서 비난은 할지언정 간섭하지 않게 됩니다.
그들은 제멋대로 살아가니 나름 편하다고 느낄는지도 모르지요.

군대의 고문관은 20개월만 버티면 됩니다.
그러면 푸른 제복을 벗고 또 다른 사회로 탈출할 수 있으니까요.
하지만 일상생활에서 고문관은 회피할 곳이 없다는 것이 문제이지요.

사건의 일상화란 마땅히 비난받고 지적받아야 할
개인이나 공동체, 사회의 잘못된 가치관, 관행, 습관, 행동이 방치되
고 굳어져서
나중엔 그것이 오히려 자연스럽고 당연한 일상적 일로 치부되는 것을
의미합니다.

일탈은 일탈로 인식되어야 합니다.
어쩌면 습관이나 관습, 사회적 제도로 인해 당연시되는 것들이
일상화의 결과가 아닌지 한번은 되돌아볼 필요가 있습니다.

나무에서 배우기

항상심

젊은 나이에 부자가 된 사람들이 있습니다.
그들을 잘 관찰하면 공통분모가 보입니다.
젊은 부자들은 끊임없이 배운다는 것이고
어떤 경우에라도 일희일비하지 않는다는 것입니다.

일이 잘 풀리고 돈이 잘 벌린다고 해서 마냥 좋아하고 있는 것도 아니고
일이 잘 안되고 손해를 본다고 해서 조급해하거나 좌절하고 있는 것
도 아닙니다. 그것을 다른 말로 표현하면 항상심(恒常心)입니다.

항상심이란 항상 변함없는 마음을 가지고 있다는 것입니다.
『논어』의 「술이편」엔 공자의 항상심에 대한 견해가 나옵니다.

망이위유(亡而爲有) 없으면서도 있는 척하고
허이위영(虛而爲盈) 공허하면서도 충만한 척하고
약이위태(約而爲泰) 곤궁하면서도 부유한 것처럼 행세하는 것
위의 세 가지는 항상심을 갖지 못한 사람들의 특징이라는 것이지요.

덕 있는 사람만이 다른 사람을 품을 수 있는 그늘을 만들 수 있습니다.

세상 모든 것에는 생명이 깃들어 있습니다.

그것은 곧 삶의 의지이고, 아름다움입니다.

그 삶을 아름답게 만들어주는 것 중의 하나가 항상심입니다.

조변석개(朝變夕改)[1], 조령모개(朝令暮改)[2] 등은 세상이 너무 자주 변하는 것에 대한 한탄이고

부화뇌동(附和雷同)[3]이나 심무소주(心無所主)[4]는 스스로 줏대 없음에 대한 경계입니다.

우리는 줏대 없이 흔들리는 사람을 존경하지 않습니다.

자신의 이익에 맞추어 처지가 바뀌는 사람을 좋아하지 않습니다.

참된 친구란 흔들리지 않는 것이 아니라

흔들려도 그 자리를 지켜주는 것이라 했습니다.

태산과 같은 진중함과 위엄, 결코 쉽사리 의지를 바꾸지 않는 의연함

손해와 의리를 바꾸지 않는 멋스러움

그런 항상심이 사람을 부유하게 하고 더 나아가 인품의 향기를 날리게 합니다.

---

1) 아침저녁으로 뜯어고침, 계획이나 결정을 일관성이 없이 자주 바꿈
2) 아침에 명을 내리고 저녁에 고침
3) 아무런 주관 없이 남의 의견을 맹목적으로 좇음
4) 마음에 주인이 없음

나무에서 배우기

순리대로 살기

제가 고한에 근무할 때의 일입니다. 그 당시만 해도 탄광의 중심지였던 그곳은 개울물이 모두 흑룡강(검은 물)을 이루고 있었지요.

날이 점점 더워지려는 이맘때쯤 아이들을 데리고 정선 선평으로 체험학습을 떠났습니다. 배낭을 메고 앞서가던 아이가
"야! 물이다!"를 외치며 바로 소(沼)로 뛰어들었습니다. 깨끗한 물을 별로 보지 못한 아이들이기에 투명한 물은 유혹 그 자체였지요.

눈 깜짝할 사이에 벌어진 일이었고 결국 그 아이는 차가운 계곡물 속에서 유명을 달리하고 말았습니다. 참으로 안타까운 일이었지요.

어깨 정도의 깊이에서도 익사 사고가 종종 일어납니다.
그건 물에 들어가 자연스러움을 잃고 당황하여 물을 이기고자 발버둥을 치기 때문입니다. 만약에 자연스럽게 물의 흐름에 몸을 맡기고
물결의 흐름에 따라 대처한다면 훨씬 더 안전해질 수 있습니다.

우린 어떤 일을 대할 때 순리로 다가가야 합니다.
그것이 마음의 평안을 얻을 수 있는 길이고

깊은 정신적 지혜를 얻을 수 있는 길입니다.
활짝 피어있는 꽃은 아름답고 시들어가는 꽃은 애처롭습니다.
그러나 이 모든 것은 자연의 순리입니다.

주변을 보면 흐름이 보입니다. 물은 스스로 낮은 곳으로 흐릅니다.
열도 높은 온도에서 낮은 곳으로 흐르지요. 물체도 낮은 곳으로 떨어
지게 마련입니다. 모두들 낮아지는 것으로 겸손을 희구하는데
오직 인간은 위로 올라가지 못해 안절부절못합니다.

세월은 거슬러 흐르는 법이 없습니다.
자연의 이치는 강제함에 있는 것이 아니지요.
몸을 낮추어 자연에 순응하며 살아가는 것
그냥 흐름에 맡기되 거스름이 없는 것
그것이 가장 멋진 삶일지 모릅니다.

적벽 아래서 뱃놀이를 즐기던 소동파의 「적벽부」의 맨 마지막 구절은
이러합니다.
"친구와 더불어 자연과 벗하며 배 위에서 한 잔 술로 회포를 풀고
노래와 시를 즐기며 밤 이슥토록 즐기다가….
상여침자호주중(相与枕藉乎舟中) 배 안에서 서로 포개어 잠이 드니
부지동방지기백(不知東方之既白) 동녘 하늘이 이미 밝은 줄도 몰랐더라."

그저 순리를 따라 물 흐름에 맡겨 흘러가며 지은 시이기에
세상의 명사들에게 회자하는 명문(名文)이 되었는지도 모를 일입니다.

나무에서 배우기

마원의 처세술

신하들의 추대에 따라 왕권을 잡은 왕건은
초기엔 공신들의 힘에 눌려 제대로 왕권을 행사할 수 없었습니다.
권력이란 나눠 가질 수 없는 속성이 있기 때문이지요.

나라를 제대로 다스리기 위해서는 공신들과 호족들의 세력을 눌러야
합니다.
왕건의 측면에서 보면 왕권 강화이겠지만
공신들의 측면에서 보면 토사구팽이 되겠지요.

『명심보감』을 읽다 보면 마원(馬援)이란 사람이 자주 등장합니다.
후한의 광무제 때 무장이지요.
그는 늙은 나이에도 전장을 누비며 공을 세웠습니다.

후한 정권의 핵심 중추이자 황실을 재건하는 데 일등 공신인 그는
마음만 먹으면 수도 낙양에서 편안한 생활을 했을 텐데….
그는 흰 수염을 휘날리며 어려운 전쟁터를 선택합니다.
노익장의 주인공이 마원이었으니 그 활약상을 짐작하고도 남음이 있
습니다.

그는 왜 그리 힘들고 다소 무모하기까지 한 선택을 한 것일까요?
이는 주위의 질투와 의심을 멀리하기 위함이었습니다.
공신들은 본의 아니게 권력의 중심에 서있을 가능성이 크고
그리하다 보면 자기도 모르게 하지도 않은 일에 연루되어
이인자로서의 비참한 말로를 걸을 수 있기 때문이지요.
요즘 참으로 많은 일이 일어납니다.
많은 사람이 가슴 아파하고, 힘들어하는 가운데도
자신의 명리만을 좇는 무리가 있습니다.

자기 관리를 통해 처신을 조심하던 마원의 처세를 생각해 봐야 합니다.
잘 나가는 위치에 있거나 부와 권세를 얻을수록
생각하고 행동함에 항상 겸손하고,
스스로 낮추어 가는 삶의 철학을 가꾸어가야 합니다.
삶은 누구에게나 소중하기 때문이지요.

나무에서 배우기

텃밭 가꾸기

아무리 농업이 기계화되고 과학 영농이 되며
관정을 뚫어 용수를 공급한다고 해도
자연에서 은혜롭게 내리는 비와
성장을 촉진하는 따사로운 햇살에 견줄 수는 없습니다.

봄비가 내렸습니다.
길어진 한낮, 따뜻한 온도, 적당한 습기는
식물 성장의 최적 조건을 형성해 줍니다.

텃밭에 심은 고구마가 오랜 가뭄에 말라 죽는가 싶더니
봄비로 마른 줄기에 조그만 여린 잎이 뾰족이 얼굴을 내밀었습니다.
자연이란 참으로 신비하고 경이로운 것이며
그것이 삶에 기쁨을 줍니다.

방울토마토도 뿌리를 내리고 이제 막 성장할 준비를 하고 있고
상추를 비롯한 여러 가지 쌈채는 성장으로 분주합니다.
이른 아침 텃밭을 둘러보는 것은
자연과 동화되고 생명의 소중함을 일깨우는 치유의 시간입니다.

삶이 메마르고 건조하다면
텃밭을 가꾸어 보는 것이 좋습니다.
촉촉한 대지를 맨발로 밟는 흙의 부드러움을 느끼고
딱딱한 씨앗을 땅에 묻어놓는 행위 하나만으로
잠시 기다림의 과정을 겪은 후에 만나게 되는
여린 잎의 정겨운 모습을 기쁨으로 만날 수 있으니까요.

그래서 텃밭은 수확 이전에
정서와의 교감이고
커가는 작물에 대한 사랑의 마음이며
대자연이 주는 은혜에 대한 감사입니다.

아름다움의 미학

1960년 미국에서는 대선이 한창이었습니다.
닉슨과 케네디 후보가 박빙의 접전을 치르고 있었지요.
후보의 토론을 라디오로 청취한 사람은 닉슨의 손을 들어주었고
TV로 시청한 사람들은 케네디의 손을 들어주었습니다.
그건 케네디가 더 젊고 잘생겼기 때문입니다.
그 결과 케네디는 역전 뒤집기로 대통령에 당선됩니다.

인간은 원초적으로 아름다워지려는 욕망을 지니고 있습니다.
경제학적으로 보면 외모도 일종의 자산으로 볼 수 있으니까요. 유치
원 학생을 대상으로 예쁘장한 여선생과 밉상인 여선생이 수업합니다.
그 결과를 비교해 보니 예쁜 선생님이 가르친 반이 훨씬 더 높은 학
업성취를 보였다는 것이지요.

사회적으로 물들지 아니한 유치원생의 결과가 그러하니
일반적으로 욕망이 분출되는 사회에서는 더 말할 나위가 없습니다.
하머메시의 연구에 의하면 잘생긴 사람은 평균보다 5% 더 높은 연봉을,
못생긴 사람은 평균보다 10% 낮은 연봉을 받는다고 합니다.
잘생기고 예쁜 사람이 우대받는 것은

어쩌면 인류가 멋스러운 것을 우성으로 받아들이고 2세를 더 강하고
아름답게 유지하고자 하는 노력의 산물일 수 있습니다.

요즘은 의학의 힘을 빌려 예뻐지는 사람들이 많습니다.
인조인간이니 사이보그니 하는 조롱 섞인 이야기도 들리지만 더 좋은
얼굴과 몸매를 갖기 원하는 본질적인 욕망은 쉽게 사그라지지 않습니다.
수면제가 개발되고 나서 불면증이 병으로 인식되듯이
옛날부터 우린 고칠 수 있는 것을 병으로 명명했습니다.
이제 앞으로는 못생긴 것도 질병으로 분류할 날이 올는지도 모릅니다.

우리나라를 성형 공화국이라고 부릅니다. 방학 때가 되면 성형외과의
문턱이 닳고 못생기게 낳아놓은 부모는 원죄 값을 톡톡히 치르게 됩니다.
그러나 외모를 인위적으로 수정하는 것은 남는 장사가 아니란 연구가 있
습니다. 투자한 돈과 시간, 고통과 부작용 등이 만만치 않을 뿐만 아니라
경제적으로도 투자 대비 4% 정도만 회수할 수 있다고 하니 말입니다.
가장 멋진 투자는 내면의 아름다움을 가꾸는 것입니다.
내면이 아름다운 사람은 얼굴도 아름다워지고 행동도 멋스러워집니다.

"아름다운 입술을 가지고 싶으면 친절한 말을 하라.
사랑스러운 눈을 갖고 싶으면 사람들의 좋은 점을 봐라.
날씬한 몸매를 갖고 싶으면 너의 음식을 배고픈 사람과 나누어라.
아름다운 자세를 갖고 싶으면 결코 너 혼자 걷고 있지 않음을 명심하라."

오드리 헵번이 남긴 말입니다. 진정한 아름다움을 잘 표현한 글이지요.

나무에서 배우기

배고픈 사자가 사냥합니다

얼마 전 TV에서 인류 조상들이 살아왔던 사바나를 재조명한 적이 있습니다.

지금은 너른 초원에 각종 야생 동물들이 군집을 이루어 살아가고 있지요.

사바나에서는 사자가 유난히 돋보입니다.

화려한 갈기를 휘날리며 초원을 호령하는 모습에서

동물의 제왕에서 발산되는 힘이 느껴집니다.

중요한 것은 그 포스의 원천은 배고픔이라는 것입니다.

사자는 배가 고파야만 사냥에 나서고

전력을 다해 사자로서 매력을 풍기는 것이지요.

반면 배부른 사자는

나무 그늘에서 꾸벅꾸벅 졸거나 낮잠을 즐깁니다.

아무리 사냥하기 좋은 먹잇감이 옆을 지나간다고 해도

사자는 아무런 관심이 없습니다.

결국 사자를 움직이게 하는 힘은 배고픔입니다.

아픔이 있어야 성장하는 것과 같은 이치이지요.

동물원에 사는 동물에게는 야생성을 발견하기 어렵습니다.
때가 되면 사육사가 주는 풍성한 먹이로 주린 배를 채우고
느긋하게 낮잠을 즐기면 그뿐이니까요.

그러니 애초에 그 동물이 가진 매력은 발산조차 할 기회를 잃습니다.
용맹하고 사냥의 귀재라고 하더라도
사육사에게 길들여지고 나면
혼자 힘으로 살아갈 수 없는 나약한 존재가 되고 맙니다.

우리 역사 속에서 훌륭하고 기려야 할 것만을 기념하고 유적으로 남
길 것이 아니라
아프고 슬프고 수치스러운 역사도 보존해야 합니다.

배고픈 사자만이 용감한 사자가 될 수 있습니다.
아픔이 있어야 더 강하게 자라는 나무처럼
극복한 시련이 우리를 강하게 만들어주니까요.

나무에서 배우기

화려함과 초라함

어느 식물이든 화려한 시기가 있습니다.
그때가 지나면 쉽게 기억하기가 어렵지요.
봄엔 개나리와 진달래를 거쳐 벚꽃과 살구꽃이 조명을 받고
지금은 아카시아가 주변에 참으로 많이 보입니다.
좀 있으면 골골마다 피어난 밤나무가 조명을 받을 시절이 도래할 것
입니다.

중요한 것은 화려한 시절은 너무나 빨리 지나간다는 것이지요.
꽃이 필 때는 참으로 멋스럽지만 질 때는 썩 아름답지 못합니다.
그러니 화려함의 끝은 초라함일 수 있습니다.

좋고 나쁨이 화려함과 초라함에 있는 것은 아닙니다.
오히려 화려함 속에 삶의 진실이 가려져 허황되고 거짓된 삶이 만들
어지기에 십상이며
초라함에서 바르고 올곧은 심성이 길러지기 쉽습니다.

누구든 화려한 시기가 있습니다.
스포트라이트를 받고 성공 가도를 달리며 환호받는 인생의 멋진 시기

가 존재한다는 것이지요.

우리는 화려함 속에 초라함이 공존한다는 것을 알아야 합니다.
지금이 화려하다면 시들 수 있는 그날을 대비해야 합니다.
화려함에 취하여 생각 없이 사는 어리석음을 범하지 말아야 합니다.

사회적으로 잘나가던 사람이 인기가 떨어지고 인지도를 잃었을 때
삶의 희망을 잃고 극단적인 선택을 하거나
심리적으로 매우 불안정한 상태로 불행해하는 경우를 봅니다.

애초에 유명하게 태어나지 않았으니
마음만 추스르면 초심으로 돌아갈 수 있을 것을….

잘나갈 때 자신을 잘 살펴야 하는 이유이고
결코 오만해져서는 안 되는 이유이며
자기 삶을 겸손하게 돌아보아야 할 이유입니다.

나무에서 배우기

결혼과 바람

아침에 창을 열면 싱그러운 바람이 쏟아져 들어옵니다.

창가에 놓인 화분은 바람을 만나 온몸을 떨며 기쁨에 젖지요.

식물 대부분은 바람을 좋아합니다. 한곳에 뿌리를 내려 거주 이전의 자유는 없어도 상쾌하게 흔들거리는 것을 즐기는 것이지요.

산에 올라 산들거리는 바람을 맞으면 시원한 청량감이 느껴져 좋습니다.

그런데 바람이라는 것이 일상에서는 좋지 않은 의미로 사용되는 경우가 많습니다. 만나기로 약속했다 상대방이 나타나지 않는 것을 바람맞았다고 하고 결혼한 사람이 배우자 이외에 다른 상대를 사랑하게 되는 현상을 바람피운다고 표현합니다.

바람은 스쳐 지나가는 것이기 때문에 그런 표현을 쓰는 것이 아닌가 싶기도 하고 바람이 심하게 불면 모든 것이 엉망으로 뒤죽박죽되기 때문이 아닐까 싶기도 합니다. 상고시대의 결혼 문화는 잘 알려진 바는 없지만, 잡혼(雜婚)이나 군혼(群婚)이 있었으리라 추측되고, 부여에서는 형이 죽으면 형수를 물려받는 형사취수(兄死取嫂)제도가 그리고 옥저에서는 민며느리제도가 시행된 적이 있습니다.

삼국시대에는 일부다처제가 유지되었고 최근에 이르러 일부일처제도가 정착되었다고 보는 것이 일반적입니다.

우리나라는 1명의 남성과 1명의 여성이 결혼하는 것만 인정되고
다수의 아내나 다수의 남편은 허락되지 않습니다.
그리고 결혼과 동시에 정조의 의무, 동거의 의무, 부양의 의무, 협조
의 의무가 생기게 되지요.

사랑하는 사람이 검은 머리 파 뿌리를 약속하며 결혼식을 올리지만
시간이 지나면서 서로에 관한 관심과 애정이 식고
제도와 자녀에 묶여 반 의무감으로 살아가는 부부도 많고
상대에 대한 무책임과 바람기 때문에 정신적인 고통을 호소하는 사
람도 많습니다.

많은 아이가 친부모와 살지 못하고
생물학적 부모를 일 년에 한 번도 만나지 못하고 살아가기도 합니다.
최근 들어 결혼제도 자체에 회의적인 사람들이 늘고 있습니다.
사회적인 통념을 이성으로 포장하여 심리적 자유를 억압한다고 생각
하는 것이지요. 헤어진 후 어머니가 아이를 기르는 경우가 많으므로
다시 모계사회로 가야 한다는 주장도 있고
아예 결혼하지 않고 1인 가족으로 남는 사람들도 많습니다.

사회 현상에 섣불리 결론을 내리는 것은 위험한 일입니다.
누가 결혼 후에 다른 이성에게 한 번도 마음이 흔들려보지 않았다고
장담할 수 있을까요?
하지만 오랜 세월 함께 살아온 부부의 아름다움도 생각할 수 있어야
합니다. 사회적 제도와 이성적 대처, 현명한 판단이 필요한 시점이지요.

나무에서 배우기

100세 시대 축복인가 재앙인가?

엊그제 이제 88세 되신 아버님이 새집을 구경한다고 다녀가셨습니다.
여러 가지 약을 드시고 다리가 불편하기는 하지만 아직은 건강하신
편이지요. 옛날에는 60까지만 살면 여한이 없겠다고 하셨는데
벌써 근 30년을 덤으로 살고 계신 것이지요.

그 와중에 증손녀가 대학을 들어갔고 조금만 더 사시면 아마도 고손
을 보실 수도 있을 것 같습니다. 평균수명 100세 시대가 실감이 납니다.

『매일경제신문』에 의하면 국민 10명 중 4명은 다가올 100시대를
축복으로 생각하지 않는다고 합니다.
노년기가 너무 길어지고, 빈곤과 질병, 고독과 소외 등
각종 노인 문제를 안고 살아야 하기 때문이지요.

물론 장수는 누구나 희구하는 일이겠지만
무의탁 노인이나 생활고로 휴지 줍는 노인, 병들고 힘없고,
치매에 정신이 오락가락하는 분들도 점차 늘어가고 있는 것이 사실입니다.

국가는 그들을 위해 기초노령연금이나 복지시설을 확대하려고 무진

애를 쓰고 있지만

늘어나는 노인층을 감당해내기는 쉬워 보이지 않습니다.

자식에게 짐이 되지 않고 건강하게 살다 가는 것은 모든 노인의 공통된 희망이지만

현실은 마음먹은 대로 흘러가지 않습니다.

영국의 역사학자 아놀드 토인비는 이런 말을 했습니다.

"장차 한국이 인류에 이바지할 것이 있다면 그것은 바로 효(孝) 사상일 것"이라고.

세계적 자랑거리였던 우리의 효 사상이 지금은 노인을 학대하거나 함부로 대하는 반인륜적인 행태로 많이 퇴색되고 있으니 안타까운 일입니다.

초고령화로 들어가고 있는 우리나라는 노인 빈곤율이

OECD 국가 중에서 가장 높다고 합니다.

의학의 발전으로 수명은 점점 길어지는데

노후가 적정 되는 노인들의 한숨도 점점 깊어만 갑니다.

100세 시대가 재앙이 되지 않으려면 우리의 孝 문화를 되살려야 합니다.

노인을 공경하고, 일자리를 만들어드리고, 노인복지를 위해 애써야 합니다. 사회적 현상은 하루아침에 일어나는 것이 아닙니다.

꾸준한 방향성을 갖고 점진적으로 진행되는 것이지요.

그 누구도 겪어보지 못한 평균 100세 시대

문제를 정확히 인지하고 준비를 잘하는 것만이 아름다운 노년을 보장해 줄 수 있을 것입니다.

나무에서 배우기

3년 묵은 쑥

우리나라 속담에 "칠 년 간병에 삼 년 묵은 쑥을 찾는다."라는 말씀
이 있습니다.

요즘 지천에 쑥이 널려있습니다.

아무 데나 잘 자라 쑥~쑥~ 크기 때문에 쑥이 아닐까 하는 생각을
해봅니다.

옛날 어떤 효자가 살았습니다.

아버지가 병이 깊어 간호하던 중에

꿈에 도인이 나타나 이야기합니다.

"3년 묵은 쑥을 달여 먹으면 부친의 병이 나을 걸세."

이 효자는 3년 묵은 쑥을 구하려 방방곡곡을 헤매기 시작했습니다.

세상에 널린 것이 쑥이라 쉽게 구할 줄 알았는데

3년 묵은 쑥은 좀처럼 구할 수가 없었습니다.

그동안 세월은 흘러 3년이 가고 4년이 되었습니다.

아버지의 병은 점점 더 깊어만 갔고

쑥을 구하지 못한 아들의 시름 또한 깊어만 갔습니다.

결국 7년이 지나 아버지는 병사하고 말았습니다.

　만약 그때 바로 쑥을 뜯어다 말렸으면 3년 묵은 쑥을 몇 번이나 만들어 쓸 수 있었을 텐데
　스스로 노력하지 않고 남이 만들어 놓은 것만 구하다가
　세월을 다 소비하고 만 것이지요.

　사람은 필요 때문에 삼 년 묵은 쑥과 같은 것을 구하길 원하지만
　쑥을 오늘 만들어서 삼 년 후에 쓰려고 생각하지 않습니다.
　정원에서 꽃을 보고 싶다면 지금 꽃을 심어야 합니다.

　미래의 성공은 하루아침에 하늘에서 뚝 떨어지듯 주어지는 것이 아닙니다.
　스포츠 스타의 꿈의 하루아침에 이뤄지는 것이 아니듯 말입니다.
　아이를 훌륭한 사람으로 키워내고 싶다면 지금 좋은 교육을 해야 합니다.
　내일이 아닌 오늘 말이지요.

나무에서 배우기

열매의 전략

싱그러운 5월입니다.
오월의 들녘엔 온갖 열매들이 푸름 속에서 성장하고 있습니다.
복숭아, 살구, 매실이 아기 손톱만큼 커진 것을 보니
시각화된 세월의 흐름이 보입니다.

열매 대부분은 익기 전에는 잎과 색상이 같습니다.
그래서 자세히 보기 전에는 잘 보이지 않지요.
하지만 열매가 익었을 때는 노랑이나 빨간색으로 탈바꿈하기 때문에
열매를 쉬 인지할 수 있습니다.
이제 먹어도 될 시기라는 것을 동물들에게 알리기 위함이지요.

이것은 식물의 고도의 생존 전략입니다.
덜 익어 씨앗으로 기능할 수 없을 때는 보이지 않게 감추어 두었다가
충분히 여물어 번식이 가능할 때는
화려함으로 단장하고 과육을 내어주며 이동의 편리성을 추구하는 것
이지요.
붉은색 계통은 동물들에게는 잘 보이지만, 곤충들에게는 잘 보이지
않는다는 특성도 있습니다.

또한 그냥 나무에서 떨어진 씨앗보다는

새나 동물이 먹고 배설물과 함께 나온 씨앗이 싹이 틀 확률이 높습니다.

그러니 모든 씨앗은 동물의 위장에서 소화되지 않습니다.

식물들의 최종 목표는 '좋은 후손 남기기'입니다.

따라서 좋은 씨앗을 자신에게서 멀리 떠나보내는 것이 중요합니다.

한정된 땅에서 경쟁하는 것보다

멀리 떨어져 자라는 것이 훨씬 더 경쟁력이 있기 때문이지요.

식물들의 이런 전략은 참으로 멋스럽습니다.

우리는 유용성에 빗대어 '식물인간'이니 '식물국회'니 하는 발언을 하고 있지만

실은 식물들에서 많은 것을 배워야 합니다.

오직 인간만이 최고라는 오만에서 벗어나야 합니다.

자연은 있는 그대로 위대함이니까요.

나무에서 배우기

가막사리

너른 논에 모내기가 마무리되어갑니다.
물이 그득 들어찬 논은 보는 것만으로도 풍성함이 느껴집니다.
역시 논은 푸르러야 멋이 있습니다.

논에 심긴 벼는 신경 쓸 것이 없습니다.
농부가 알아서 심어주고, 거름을 주며
잡초를 제거해 주고, 거두어주니 스스로 해야 할 일이 없는 셈이지요.

하지만 잡초로 분류되는 피나 가막사리는 그렇지 못합니다.
언제 농부의 손에 뽑혀 생을 마감할지 모르는 절박함이 늘 존재하고
스스로 운명을 극복해 나가지 않으면 종자 번식에 실패하게 되지요.

그래서 가막사리는 갈고리 전법을 이용하여 생존에 힘씁니다.
도꼬마리와 비슷한 가시가 있어 옷소매나 바지에 한 번 붙으면
좀처럼 떨어지지 않습니다.
게다가 살을 찔러 아픔을 느끼게 하기도 하지요.

농부는 신경질적으로 가막사리 씨앗을 떼어냅니다.

그것이 가막사리에게는 번식을 도와주는 감사한 일이 되는 셈이지요.

누군가가 늘 보살펴주고 신경 써주는 벼는 병충해에 약함은 물론
잡초와의 경쟁에도 쉽게 이기지 못합니다.
하지만 자신의 생을 자신이 보살펴야 하는 가막사리는
거친 환경에서 주어진 문제를 스스로 풀어내는 능력을 갖추게 됩니다.
우리 아이들도 스스로 성장할 수 있도록 해야 합니다.
공자는 "군자불기(君子不器)"라는 말씀을 남겼습니다.
사람은 한정된 그릇이 아니라 무궁무진한 잠재력과 능력을 갖추고 있
다는 말씀이지요.

온실 속의 분재처럼 가짜 나무로 키울 것이 아니라
아이의 잠재력을 발현시켜주고 스스로 자라는 나무로 키워야 합니다.
아이들이 어떤 꽃을 피우고 어떤 열매를 맺을지는
그 누구도 알 수 없기 때문입니다.

나무에서 배우기

숲을 닮은 사람

숲에 들면 폐부 속으로 스며드는 청량한 바람에
온몸이 투명하게 씻기는 느낌이 듭니다.
깊은 호흡이 주는 맑음은 숲이 가진 최고의 덕목입니다.

숲은 공존과 배려의 산물입니다.
숲에 들면 여러 가지 다양한 생물들이 오밀조밀 살아가는 것을 쉬 볼
수 있습니다.
그 모든 군집이 모여 숲을 이루고 있는 것이지요.

숲에 사는 나무는 자신의 위치를 억울해하지 않습니다.
또한 숲 전부를 지배하려고 하지도 않지요.
있는 위치에서 최선을 다해 성장하고 열매 맺습니다.

그러기에 숲은 훌륭한 놀이터이자 교육의 장입니다.
인간은 숲에서 흥미로운 것을 발견하고 느끼고 맛보고 인식함으로
자연 일부분임을 스스로 깨닫게 됩니다.
도시의 빌딩 숲에서는 깨닫기 힘든 것들이지요.

숲에는 거추장스럽고 천박한 문명의 때가 없습니다.
신선하고 찬란한 아름다운 자연이 있을 뿐이지요.
도시의 번잡함보다는 숲에서 이룬 삶의 단순함이 더 매력적입니다.
  또한 번잡한 일상사보다는 휴식과 명상과 같은 소소한 즐거움으로 삶
을 채울 수도 있지요.

  숲은 시간으로부터의 자유를 선물해 줍니다.
  숲에 있는 사실조차 잊게 될 때 우린 완벽한 자유를 느낄 수 있으니
까요.

  실체는 잘 보이지 않아도 어딘가에선 늘 산새가 지저귀고
  바람이 아침저녁으로 숲을 어루만지며
  함초롬한 이슬 한 방울에도 우주를 맛볼 수 있는 곳
  어쩌면 우리네 마음의 고향이 숲이 아닐까 합니다.

  숲은 사람과 자연을 이어주는 가교이지요.
  숲을 닮은 사람이 되고 싶은 아침입니다.

나무에서 배우기

지랄 총량의 법칙

좀 웃긴 이야기지만 '지랄 총량의 법칙'이라는 것이 있습니다.

인간에게는 평생 쓰고 죽어야 하는 지랄의 총량이 정해져 있다는 것이지요.

어떤 이는 그 정해진 양을 사춘기에 다 써버리는 예도 있고

어떤 이는 나이가 들어 그 양을 소비하기도 하는데,

어쨌거나 죽기 전까지 반드시 그 양을 다 쓰게 되어있다는 말씀이지요.

물론 모든 법칙엔 예외가 있듯이 평생을 지랄 맞게 살아서

다른 사람의 눈살을 찌푸리게 하는 돌연변이와 같은 사람도 있습니다.

또 사람마다 타고난 기질이 다르므로 지랄의 질과 양이 다릅니다.

지랄하면 할수록 훈련의 결과로 파급력이 커지는 것을

지랄 관성의 법칙이라고 이야기하기도 합니다.

이는 착한 사람이 화가 나 이성을 잃으면 더 무서운 경우와 같고

젊은 시절을 바람둥이로 지낸 사람이 결혼 후에 잘 사는 경우와 같습니다.

상대방의 반응이나 삶의 태도가 이해 안 되는 경우가 많습니다.

대부분 상대방이 잘못되었다고 인식하는 과정에는

나와 다름이 존재하고, 그것을 인내하지 못하는 자신에게도 어느 정도 문제가 있습니다.

하지만 사람 대부분은 나는 정상인데 다른 사람들이 비정상이라고 생각하기 쉽습니다.

우리가 사람을 대할 때는 표면적인 것만 보게 됩니다.

친구끼리 다투었을 때 그 결과에 대하여 책망해 왔지만

'왜 그런 행동을 해야만 했을까?' 하는 근본적인 원인을 간과하는 경우가 많습니다.

원인 처방을 하지 않으면 정상적인 아이도 폭탄이 될 수 있습니다.

아이는 폭탄으로 태어나지 않았지만 이해해 주지 않은 주변과

쉽게 비난하는 삶의 태도에서 아이는 심지에 불을 붙이게 됩니다.

우린 성장 과정에 있는 젊은이들의 과잉 행동을 접할 때

좀 더 큰 아량을 가져야 합니다.

'네가 가진 지랄 총량 중 일부를 지금 쓰고 있구나.' 이런 이해가 필요한 것이지요.

나무에서 배우기

나무에서 배우기

매년 생일 때마다 가족사진을 찍는 분이 계십니다.
1년 단위로 토막 난 사진을 죽 늘어놓고 보면
개인의 삶의 역사가, 나이가 들어가는 자연스러운 모습이
파노라마처럼 엮어집니다.

나이는 주민등록에만 있는 것인지 알았는데
체형으로, 얼굴로, 피부로, 목소리로, 시력으로 찾아옵니다.
누구나 공평한 세월을 지내지만
누구나 같은 인품을 유지하는 것은 아닙니다.

나이에 관한 한 나무에서 배워야 합니다.
나무는 나이를 겉으로 표현하는 것이 아니라
속으로 새기고, 표현을 삼갑니다.
그러기 때문에 수명이 길고 울창하게 성장하는 것일지도 모릅니다.

나이가 들어간다고 하는 것은
연륜의 성장이기도 하지만
생물학적으로는 모든 기관의 유통기한이 끝나간다는 것을 의미합니다.

따라서 기능이 약화되고 고장이 나는 것은 자연스러운 현상이지요.

하지만 나무는 다른 행보를 보입니다.
세상의 어떤 것도 나무처럼 나이 들수록 아름다워지는 것은 없습니다.
해를 넘길수록 우람해지고 울창해지는 것이
참으로 멋진 모습을 유지하고 있는 것이지요.
그리고 그 넓어진 품만큼 그늘을 만들어 많은 것을 품어냅니다.
이는 속으로 새겨진 나이테만큼이나
고행의 수도승처럼 침묵의 세월을 보내며
모든 풍파를 고스란히 몸속에 새겨 넣었기 때문일 겁니다.

그 어떤 스승보다도 많은 것을 깨우쳐주는
창밖의 푸른 나무를 보면서….

나무에서 배우기

황무지에도 꽃이 핍니다

척박한 땅 거친 황무지에도 꽃은 핍니다.
심지어 깎아지른 절벽 위의 한 줌 흙에서도 풀은 자랍니다.

사막 대부분은 돌과 모래로 이루어진 황무지입니다.
몇 년에 한 번 내리는 비에도
사막에 풀이 돋아 초원이 됩니다.
그때를 놓치지 않고 사막식물들은 다투어 꽃을 피워냅니다.
잠깐이지만 치열한 생명은 찬란한 아름다움을 보여줍니다.

자기가 가진 것의 많고 적음이 문제가 아니고
처한 환경의 좋고 나쁨이 문제가 아닙니다.
아무리 고난의 환경이라고 하더라도
식물은 원망하지 않고 묵묵히 꽃을 피워냅니다.

지구상에서 만물의 영장으로 군림하고 있는 인간이지만
때론 조그만 난관에도 스러져 가는 경우를 봅니다.
특히 좋은 조건에서 아무런 고생 없이 성장하였을 때
역경을 이기는 힘이 반감된다는 것은 생각해 봐야 할 일입니다.

물 위에 꽃잎을 띄우면 물이 흐르는 대로 흘러가게 마련입니다.
하지만 생명이 있는 물고기는 물을 거슬러 올라갑니다.
도전에서 이기는 연어가 깨끗한 물을 선점하고
자손을 퍼뜨리는 승리의 왕관을 차지할 수 있습니다.

가끔은 삶이 팍팍할 때가 있습니다.
무기력해지고 너무 힘들어
삶의 끈을 놓아버리고 싶을 때도 있습니다.
그럴 때 나약하게만 느꼈던 들풀을 봅니다.
거친 황무지에도 꽃은 피어나니까요.

나무에서 배우기

밤에 피는 꽃

옛날 초가지붕 위에는 으레 박이 주렁주렁했었습니다.
박꽃은 누구도 보아주지 않는 밤에만 피어납니다.
새하얀 달빛 아래서 보는 박꽃의 고고함은 자못 처연하기까지 합니다.

흔하게 보이는 달맞이꽃도 밤에만 피어나는 꽃입니다.
이름이 달맞이인 이유가 충분히 설명되고도 남음이 있지요.
수줍게 피어난 노란 꽃에는 애틋함이 들어있습니다.
달이 지구를 떠나지 못하는 이유도 달맞이꽃의 유혹 때문이라는 설
도 있지요.

야래향(夜来香)이란 식물도
밤에 꽃을 피워 향기를 날립니다.
그래서 이름이 '밤의 향기'란 뜻을 가지게 된 것입니다.
어쩌면 보이지 않는 밤의 속성상 향으로 곤충을 유혹하기 위함일는
지도 모르지요.

그들은 왜 온갖 활동이 이루어지는 낮을 제쳐두고
고요함과 침묵이 숨을 쉬는 밤에만 깨어나는 것일까요?

이는 수분을 줄이기 위한 그들만의 생존 전략이라는 설도 있고

박각시나방처럼 수정시키는 매개체가 밤에 활동하는 곤충이기 때문
이라는 설도 있지요.

외국에서 들어온 화초들이 각양각색의 화려한 모습으로

집집마다 화분을 점령한 지금

밤에 피는 꽃처럼 간결하고 소박한 꽃은 수수한 모습으로 겨우 명맥
을 유지하고 있습니다.

나이가 들어갈수록

짙은 향기를 날리는 꽃보다 은은한 향이 풍기는 꽃이 더 좋고

화려한 색상으로 눈을 사로잡는 꽃보다 순수하고 고고한 모습의 꽃
이 더 좋습니다.

요란하게 화장하는 여인보다는 기초화장에 수수한 차림의 여인이 더
눈에 들어오고

요란스럽게 다가오는 사람보다도 조용히 늘 그 자리를 지키는 사람이
더 좋아집니다.

나무에서 배우기

옥수수를 기르며

이른 아침 비료 주러 텃밭에 나갔습니다.
옥수수가 대여섯 잎을 매달고 엄청 많이 자랐습니다.
같은 날 같은 싹을 심었는데도
멀칭 하고 햇살이 좋은 곳에 심어놓은 것은
튼실하게 잘 자라고 있는데

나대지 밭 언저리에 심어놓은 것은
옥수수가 열릴까 싶게 가냘픈 모습을 보입니다.
안쓰러운 모습에 북을 주고 거름을 듬뿍 주었지만
옥수수를 수확할 수나 있는지 염려가 됩니다.

같은 모판에 나고 자란 옥수수가
거름과 환경에 따라 이리 다른 모습을 보이는 것이
환경의 중요성을 일깨워줍니다.

물론 경험상 당연한 결과로 받아들일 수 있지만
성장하는 옥수수엔 평생 한 번의 기회임에는 틀림이 없고
그것이 개체 선택의 결과가 아니라

주인의 손끝에서 결정된다고 생각하니 마음이 아픕니다.

염천의 계절 8월이 되면 그 결과물을 볼 수 있겠지만
자라는 옥수수 대의 굵기만 봐도 그 결과를 짐작할 수 있습니다.
좋은 결과를 얻기 위해서는 물론 씨앗이 중요하지만
자라는 환경과 햇살, 적당한 습도와 관심이 중요합니다.

또한 주인이 아무리 공을 들인다고 하더라도
성장하고 열매 맺는 것은 옥수수란 개체입니다.
빨리 성장하지 않는다고 싹을 뽑아 올려놓을 수 있는 것은 아니고
주인이 안달한다고 더 큰 열매를 맺는 것은 아니니 말입니다.

우리가 아이들을 기르는 것도 이와 다르지 않음을 생각합니다.
충분한 관심과 애정으로 돌보되
스스로 성장할 수 있도록 인내로 기다릴 수 있어야 합니다.

나무에서 배우기

묵묵함이 좋은 이유

외로운 소나무 한 그루가 세월을 지키고
오월의 장미는 온통 붉음으로 담장을 점령하여
뭇사람들에게 평안과 기쁨을 선물합니다.

세상의 이목이 꽃에 집중되어 있지만
그 꽃을 피워 올리는 기저는 보이지 않는 뿌리이고
주목받지 못하는 줄기와 잎입니다.

꽃을 피우기 위해서는 그 바탕을 이루고 있는
뿌리와 줄기, 잎과 꽃대, 꽃받침 등의 노력이 있어야 합니다.
아무도 알아주지 않는다고 하더라도, 음지에서 일하는 노력이 있어야
세상이 아름다워지는 것과 같은 이치이지요.

우리가 깨끗한 도로를 밟고 기분 좋게 출근할 수 있는 것은
이른 새벽에 도로를 청소하는 분들의 노고가 있음 때문이고
TV에서 재미있는 드라마를 볼 수 있는 것도
카메라맨들부터 조명, 음향, 코디네이터 등등 참으로 많은 스태프가
카메라 바깥에서 일한 결과임을 잊어선 안 됩니다.

결국 우리는 음지에서 묵묵히 일한 사람들이 있기에 행복을 누리며 살 수 있는 것입니다.

인생엔 양지만 있는 것이 아닙니다.

때론 음지에서 일할 때도 있고, 남모르는 눈물을 흘릴 때도 있습니다.

누군가가 알아주지 않는다고 하더라도 슬퍼하거나 노하지 말고

앞을 보고 꾸준히 전진해야 합니다.

성경에 "보이는 것은 잠깐이요 보이지 않는 것은 영원하다."라는 말씀이 있습니다.

우리 사회는 유독 최고, 최대, 최초를 좋아하는 경향이 있습니다.

일등만을 기억하는 세상이지요.

조연이 있기에 주연이 빛나는 법이고

꼴찌가 있기에 일등이 있는 법인데, 조연과 꼴찌는 사람들 인식 외적 존재로 남게 됩니다.

일등을 칭찬하되 대부분 바탕을 이루는 이들이 음지라고 느끼지 않도록 격려해야 합니다.

훌륭한 대장장이는 고객이 보든 그렇지 않든 간에 모루 앞에서 구슬땀을 흘리고

좋은 목수는 잘 안 보이는 뒷면에도 최선을 다합니다.

때론 음지에서 일한다고 하더라도 패배 의식에 젖지 말아야 할 것이고

내가 양지에 있다고 하더라도

보이지 않는 곳에서 일한 사람들의 수고와 땀을 잊지 말아야 할 것입니다.

나무에서 배우기

무소유의 실체

대만에서 첫날 우리나라의 현충원과 같은
국가를 위해 희생하신 분의 위패가 모셔져 있는 충렬사를 방문하였고
마지막 날 1~5대 총통을 지낸 장개석을 기리는 중정기념관을 방문하
였습니다.

아이러니한 것은 여러 충신을 모신 충렬사는
시의 외곽에서 비교적 초라한 모습이었던 것에 비하여
장개석 개인을 모시는 기념관은 시내 한복판에
매우 크고 웅장한 모습으로 관광객을 맞이하고 있다는 사실이지요.

개인이 아무리 위대하다고 해도
여러 충신을 모신 사당보다 요란하다는 것이
여행객의 눈에는 그리 탐탁하게 보이지 않았습니다.

건물의 높이와 크기, 웅장함과 화려함과
나라 사랑의 염(念)이 비례관계에 놓여있지는 않을 텐데 말입니다.
어쩌면 부정부패와의 전쟁을 통해 검소하게 살려고 애썼던
고인의 유지와는 반대의 모습이 아닐까 하는 생각이 들었습니다.

평소에 법정 스님의 글을 탐독하였습니다.
단아한 필체와 자연 친화적인 글들
욕심을 덜어내는 무소유의 관념이 글 속에 녹아있어
마음을 정화할 수 있음이 참 좋았습니다.
그러나 마음 한편에서는
글로 인하여 이름을 알리고 인세를 취하는 것도
무명이나 무소유와는 역행하는 게 아닐까 하는 의구심이 들었습니다.

그러나 더 이상 내 책을 세상에 내놓지 말라는 그의 유언을 통하여
완벽한 무소유의 실체를 보았습니다.
어쩌면 그 좋은 글을 다른 사람이 지속적으로 읽을 수 있으면 좋을
텐데 하는 바람이 드는 것도 사실이지요.

한 사람은 죽어서 위대한 사당을 지어놓고 참배받는데
한 사람은 참으로 좋은 글을 남기고도 산야에 뿌려져 자취조차 인멸
되고 없습니다.
높은 사당에 안치된 통치자보다는 언행일치의 삶을 살았던 선구자의
모습이 더 훌륭해 보입니다.

허세를 걷어내면 진실이 보이고
욕망을 줄이면 행복이 보입니다.

나무에서 배우기

속이 비어야 맑은소리가 납니다

속이 비어야 아름답고 맑은소리가 납니다. 속이 채워진 것들은 둔탁하고 무거운 소리가 나지요. 좋은 울림을 내려면 모름지기 속이 비어있어야 합니다.
조선 시대엔 양반의 문화 공간을 풍류방이라고 불렀습니다.
주로 한옥의 사랑채를 활용하여 시와 그림, 국악을 즐기곤 했지요.
풍류방에서 듣는 소리는 화려하지는 않지만 자연스럽고 깊습니다.
그 소리의 비결은 한옥 자체가 울림통 역할을 하기 때문입니다.

범종의 아래엔 우물 모양의 울림통이 파여있습니다.
이 공간이 소리를 오래 머물게 하고 청아한 음색을 유지하게 합니다.
대부분의 악기는 속이 텅 빈 울림통을 갖고 있습니다.
이 비어있음이 멋진 소리의 원류가 되는 것이지요.
사람들은 나를 보기 전에 남을 먼저 보고
자신의 삶을 살아가려고 하기보다는 누구처럼 살아보기를 희구합니다.
그리하여 비워내려고 하기보다는 무엇을 채우지 못해서 안달합니다.

배부른 수도자가 깊은 신앙심을 갖기는 쉬운 일이 아닙니다.
욕심이 없어야 인간적 향기가 납니다.
끊임없이 자신을 비워내는 사람만큼 아름다운 사람은 없습니다.

매실 따기

청매실이 익었습니다.
아니 익었다기보다는 매실청을 담그기에 적당하게 성장했다고
표현하는 것이 옳겠지요.

매실은 익으면 살구와 비슷하게 노란색을 띠지만
그 상태까지 두면 상품성이 없습니다.
따라서 익기 전에 수확하는 것이지요.

잘 익은 매실로 청을 담그면 당도가 높아 좋을 것 같지만
물러진 과육이 터지기 때문에
찌꺼기를 거를 수 없게 됩니다.
그러니 매실은 익기 전에 수확해야 합니다.

매실을 대하며 때의 중요성을 생각합니다.
복숭아 농사를 지을 땐 늘 관찰이 필요했습니다.
봉지에 쌓여있는 복숭아는 나무마다 수확 시기가 조금씩 달라서
그 시기를 놓치면 물러져 상품성이 없기 때문입니다.

나무에서 배우기

이는 옥수수도 마찬가지이지요.
좀 이르다 싶으면 덜 자란 옥수수를 먹어야 하고
좀 늦으면 알이 단단해져 맛없는 옥수수를 먹어야 합니다.
겉만 보고도 속을 짐작할 수 있는 농부의 혜안이 중요한 이유이지요.

현자들의 삶의 자세를 잘 들여다보면 때의 중요성을 잘 알고 있는 분들이 많습니다.
순간의 때를 잘 아는 사람만이 자기 삶에 충실할 수 있습니다.

성어에 "이상지계(履霜之戒)"라는 말씀이 있습니다.
서리가 내리는 계절이 되면 머지않아 얼음이 얼기에
조짐을 보아 미리 재앙에 대비하라는 경계의 뜻입니다.

매실을 따면서 때의 중요성을 다시 한번 새겨봅니다.

가시는 살이 되지 않습니다

얼마 전 밭일을 하다가 가시나무를 건드려 손가락에 작은 가시가 박혔습니다. 잘 빠지지 않아 대수롭지 않게 놓아두었더니
그 부분이 빨갛게 부풀어 오르고 만질 때마다 걸리적거렸습니다.
나이가 들어 시력이 안 좋아져서 그런지 뽑히지도 않고….
결국 보건실에 들르고야 가시를 제거할 수 있었지요.
가시는 결코 살이 되지 않는다는 평범한 진리를 깨달을 수 있었습니다.

우린 살아가면서 인생의 가시와 같은 일을 종종 만나게 됩니다.
온정주의 때문에 또는 지금 아픔을 더 느껴야 하므로
가시를 그대로 두는 경우가 많습니다.
그러나 아픔이 있더라도 과감하게 결단하는 것이 아름답고
새로운 삶의 출발점이 됩니다. 가시는 아프겠지만 빼내야 하는 것이고 이왕 빼려거든 곪기 전에 빼야 합니다.

기와는 아무리 닦아도 거울이 될 수 없으며 고름은 아무리 잘 관리해도 살이 되지 않습니다. 우리의 삶 속에서도 버릴 것은 과감하게 버려야 합니다.
찌든 욕망, 과시와 허욕, 탐심과 권력의 달콤함을 벗어던질 때
비로소 진실과 마주할 수 있게 되니까요.

나무에서 배우기

존재는 누구에게나 귀하고 소중한 것입니다. 우리 주변의 삼라만상을 보아도 그렇습니다. 아무런 생각 없이 바라보면 모르겠지만 자세히 뜯어보면 아름답지 않은 것이 없습니다. 존재의 아름다움엔 이유가 없으니까요.

제3장

존재의
아름다움

욕심의 종말

미국에서 있었던 일입니다. 유적 탐사단이 한 오지에서 광부가 살았던 오두막을 발견했고, 그들은 집 안에서 많은 금과 두 개의 해골을 발견했습니다.

왜 광부는 그렇게 많은 금을 모아놓고 죽었을까요?

그들은 금을 캐는 기쁨에 빠져 북쪽에는 겨울이 빨리 온다는 사실을 잊었습니다. 적당량의 금이 모아졌을 때 이곳을 떠났어야 했는데….

욕심은 그들을 붙잡았고 곧이어 엄청난 눈보라가 밀려왔습니다.

식량은 바닥났지만, 금은 아무런 도움을 주지 못했습니다.

서부 개척 시대에는 땅은 넓은데 경작할 사람이 없었습니다.

주에서는 해가 질 때까지 달려서 출발했던 지점으로 돌아오면

그 달려온 땅을 모두 주겠다고 했습니다.

어떤 욕심 많은 이가 아침부터 해지기까지 달렸습니다.

숨이 턱에 차올랐지만 달리기를 멈추지 않았지요.

해 질 무렵, 거친 숨을 몰아쉬며 도착한 그는 곧 숨을 거두고 말았습니다.

결국 그가 차지한 것은 한 평 남짓한 묘지가 전부였지요.

『탈무드』에는 다음과 같은 말씀이 있습니다.

"승자의 주머니 속에는 꿈이 있고 패자의 주머니 속에는 욕심이 있다."

삶의 흔적

필요해서 사이트를 검색하고 방문했는데 10년 전에 이미 가입된 것에 놀라고 기억 속에 완벽하게 지워져 있는 아이디와 패스워드 때문에 놀랍니다.

머릿속 그 망각의 흔적이 오랜 세월이 지나도 서버에 남아있는 것이 신기하기까지 합니다.

세월은 흔적을 남깁니다.
고고학이나 인류학은 옛날 사람들이 남긴
물질 자료, 즉 세월의 흔적인 유적과 유물을 통하여
지난 시대의 인류 활동과 문화를 연구하는 학문입니다.

우리가 살아가는 삶 속에서도 흔적이 남게 마련입니다.
물론 사진이나 영상 속에 박제된 흔적도 존재하지만
오랜 세월을 거쳐 나타나는 인간적인 품격은
삶이나 얼굴에 유물처럼 나타나게 마련입니다.

지우고 싶어도 그리되지 않는 것이 삶의 흔적입니다.
흔적이란 현재의 시간이 모여서 이루어진 자취이니까요.
오늘에 감사하며 삶 앞에 겸손해야 할 이유입니다.

존재의 아름다움

사막의 장미

엊그제 늦은 저녁을 먹고 편안한 차림으로 동네를 한 바퀴 돌다가
무계획적으로 꽃집에 들렀습니다.
어쩌면 집을 장만하고 이사 걱정이 없어진 지금 큰 화분을 들여놓고
싶은 생각에 무의식적으로 발길이 향했는지 모릅니다.

사막의 장미라고 이름 붙은 오래된 다육식물과의 목본에 눈길이 멈
추었습니다. 마디게 자라 근 20년은 족히 컸을 식물을 사면서
그 오랜 세월의 역사를 돈으로 산다는 것이 미안하게 느껴졌습니다.
바오밥 나무처럼 생긴 몸통에 붉은 꽃이 피었고 통통한 몸매에 단단한
잎사귀는 왜 이름이 사막의 장미인지 설명해 주고도 남음이 있습니다.

'사막의 장미'의 원 고향은 아덴만의 여명으로 잘 알려진 지역
즉 예멘이랍니다. 고향을 떠나 어렵게 삶을 유지해 온 설움이 붉은 꽃
으로 피어났을지도 모를 일입니다.

거실에 화분을 들여놓고 나니 마음이 평화롭고 고요해졌습니다.
식물들이 주는 청정한 공기의 물리적 혜택보다도
멋스러움 속에 평안을 선사해 주는 감정적 혜택이 참으로 좋습니다.

농사의 기술

요즘 밭을 둘러보면 농작물들이 성장하느라 분주합니다.
좀 더 가까이 다가가면 농부들의 손길이 스쳐 간 흔적이 보입니다.
이런 일련의 과정들이 식물의 성장을 돕는 것이지요.

지난해 시중에서 예쁘게 생긴 다육식물을 몇 분 들여왔습니다.
물을 싫어하고 건조한 것을 좋아하는 것은 익히 알고 있었기 때문에
저와 같이 게으른 사람에게는 안성맞춤이라 생각했는데….
여름을 넘기자 다육식물이 시들시들 죽어가기 시작했습니다.

인터넷에 뒤져보니 다육식물은 12월과 1월 사이, 7월과 8월 사이에
잠을 자는데
그때 물을 주게 되면 뿌리가 썩어 죽게 된다고 하더군요.
저의 무식함이 죄 없는 다육식물을 저세상으로 보내버리고 만 것이
지요.

식물을 기르거나 농사를 짓는 데도 기술이 필요합니다.
물론 요즘엔 인터넷의 힘을 빌려 농사 비결을 얻기도 하지만
동네 어르신들의 경험만큼 소중한 것도 없습니다.

존재의 아름다움

이웃집 할머니에게 콩은 언제 심는지 물었더니

"올콩은 감꽃 필 때 심고, 메주콩은 감꽃이 질 때 심는 거여."

할머니의 지식은 책이나 달력에 있지 않습니다.

삼라만상이 살아 움직이는 우주의 기운에 힘입고 있다는 사실 하나
만으로도

참으로 지혜롭다고 생각하게 되었습니다.

그리고 자연과 더불은 때의 느낌은 철듦이라는 화두를 남겨주었지요.

우리가 아이들을 가르치는 데에도 기술이 필요합니다.

단순하게 지식을 채워넣기에 급급하여 건조한 사람으로 키울 것이
아니라

함께 사는 법을 가르치고, 따뜻한 게 어떤 것인지를 깨닫게 해주는
교육을 해야 합니다.

잡초 이야기

밭에 나가면 작물과 잡초를 동시에 만나게 됩니다.
잡초와 작물은 크는 속도가 비슷함에도 불구하고
작물은 더디 크는 것 같고
잡초는 매우 빨리 자라는 것 같습니다.
이는 사람의 욕심이 중간에 자리하고 있기 때문입니다.

오클랜드에서는 인도에 돋아난 잡초를 제거하기 위하여
제초제를 살포하는 것이 아니라
뜨거운 물을 사용합니다.
그 이유는 농약으로 인한 오염 피해를 줄일 수 있기 때문입니다.

지구상의 생태계는 한 가지 목적만을 위해서 존재하는 것이 아닙니다.
그러므로 오로지 다수확만을 목적으로
제초제를 뿌리거나 농약을 치거나 비닐을 까는 것을 경계해야 합니다.
한 가지만을 선택하고 다른 것을 죽이는 것은 생태계에 문제를 일으
킬 수 있기 때문입니다.

우린 농사에 방해를 주는 모든 식물군을 잡초라고 부릅니다.

존재의 아름다움

인간의 온갖 방해와 핍박 속에서 살아야 하므로
잡초는 웬만해서는 죽지 않을 뿐 아니라 씨앗 생산량도 많습니다.

잡초는 어디서나 잘 자랍니다.
오뉴월 염천, 가뭄 속에 온 밭이 타들어 가도
잡초는 끈질긴 생명력을 유지합니다.
아파트 옥상의 시멘트 사이에도
아스팔트 갈라진 그 작은 틈새에도
도심의 담벼락 위에서도
기회만 있으면 자라는 것이 잡초입니다.

잡초라고 그 이름이 왜 없겠습니까?
그건 단지 내가 모르고 있을 뿐이지요.
백해무익할 것 같은 잡초도 홍수에 겉흙을 잡아주는 역할을 하고
강한 뿌리를 이용하여 하층토의 영양물질을 표층으로 끌어올리는 구
실을 하기도 합니다.
그러니 잡초도 필요한 존재이지요.

우리는 살아가면서 잡초와 같이 별 볼 일 없는 사람을 만날 수 있습
니다.
그런 사람을 함부로 대하거나 업신여기기도 하지요.
하지만 존재는 누구나 아름다운 것이며, 존중받아야 한다는 것을 생
각해야 합니다.
함부로 업신여김을 당해도 좋은 사람은 세상에 존재하지 않으니까요.

아침에 읽는 『장자』

『장자』에 이런 말씀이 나옵니다.

"큰 지혜를 가진 사람은 먼 것과 가까운 것을 같이 볼 줄 안다.
그래서 작은 것도 적다고 보지 않고 큰 것도 많다고 보지 않는다.
물건의 양이 무궁하다는 것을 알기 때문이다.

오래 살아도 싫어하지 않고
짧게 살아도 더 바라지 않는다.
시간은 멈추는 것이 아님을 알기 때문이다.

얻어도 기뻐하지 않고 잃어도 걱정하지 않는다.
사람들의 분수는 일정하지 않다는 것을 잘 알기 때문이다."

세상을 달관한 선각자들의 글 속엔 혜안이 담겨 있습니다.
이 말씀은 소요유(逍遙遊)의 개념으로 쓴 글이지만, 중용(中庸)의 도
와 닮았습니다.
그는 인간 세상에 살다 간 것은 맞지만
탈인간화의 눈으로 세상 위에서 인간세(人間世)를 바라보는

존재의 아름다움

시각의 객관화를 통한 삶의 지혜를 이야기합니다.

칼도 날 선 칼이 먼저 무뎌지게 되어있고
단 우물이 먼저 마르게 되며 좋은 나무가 먼저 베이게 되어있습니다.
그것은 쓸모에 기초하여 판단하기 때문이지요.

세상을 좀 무디게 산들 어떠하며,
승진이 남보다 빠르지 않은들 어떠하며
남들보다 좀 적게 가지고 살아간들 어떻습니까?
흔히 이야기하는 성공의 사례들은 세인들의 시각으로 본 것일 뿐이지요.
탈속의 관점에서 보면 실패와 성공은 별 차이가 없는 것입니다.

"일체유심조(一切唯心造)"라는 글귀를 들이대지 않아도
마음먹기에 따라 행복지수가 달라지는 것과
욕심과 욕망의 크기가 작을수록 행복지수는 높아진다는 것은
거부할 수 없는 진실임에는 틀림이 없으니까요.

두위봉에 다녀와서

사전 투표를 마치고 함백의 두위봉을 찾았습니다. 평지보다 높은 곳을
어디는 산이라 부르고, 어디는 봉이라 부릅니다. 그 차이는 무엇일까요?
한자로 쓴 山은 세 개의 봉우리가 모여서 이루어진 글자입니다.
그러니 산은 여러 개의 봉우리로 이루어진 전체를 뜻하고
봉우리는 산에 부속된 높은 곳을 의미하지요.
그래서 금강산은 일만 이천 봉이라고 하는 것이고
천왕봉, 반야봉, 중봉, 형제봉, 연화봉 등등이 모여 지리산을 이루고
대청봉, 중청봉, 소청봉 등등의 봉우리가 모여 설악산을 이룹니다.

이번에 찾은 두위봉은 1,466m 높이로 태백산을 주산으로 하는 봉우
리입니다. 태백산의 봉우리 중에서 가장 많은 영봉을 거느리고 있으며
정상 부근에 지천으로 널려있는 철쭉은 하늘 정원을 방불케 하지요.
지금은 철쭉이 이미 져버려 분홍색 로맨스를 향유할 수 없음이 안타
까웠습니다.
비 갠 여름 아침 투명한 공기만큼이나 상쾌한 마음으로 산행을 시작
하였습니다. 두위봉은 태백산처럼 어머니 품과 같이
부드러워 남녀노소 누구나 어렵지 않게 오를 수 있는 육산입니다.
청초한 야생화가 등산객의 발길을 잡았고,

존재의 아름다움

젖은 흙냄새는 도시의 찌든 때를 헹구어 내기에 충분하였습니다.

산은 사람을 차별하지 않습니다.

도시에서의 삶은 직급에 따른 구획과 빈천에 따른 차별이 존재하지만

산은 누구에게나 같은 힐링의 시간과 위안을 주며

더불음의 미학을 안겨줍니다.

바람이 산을 흔들 수 없는 것처럼 늘 그 자리에 정태적인 모습으로 변함없이 자리를 지키는 모습과 과정의 꼼수를 허락지 않는 의연한 자태는

고인들이 왜 "인자요산(仁者樂山)"을 외치는가를 깨닫게 해주었습니다.

8부 능선쯤 오르니 참나무 군락지가 시작되었습니다.

강한 바람을 견디고, 혹독한 환경을 이기느라 키가 겨우 두 길밖에 되지 않는 참나무들 그 인고의 세월이 새겨진 숲을 걸으며 깊음을 생각합니다.

9부 능선부터는 참나무가 사라지고 철쭉나무가 시작되었습니다.

산 정상 부근에 온통 널브러진 철쭉을 보며 만개했을 때의 황홀감을 상상해 보았습니다.

높은 산에 낀 구름이 이 골 저 골을 흐르며 시야를 우롱하였지만

시원함 속에 산안개가 몽환적인 분위기를 자아내었습니다.

소동파는 「적벽부」에서 "羽化登仙(우화등선)"이라 노래했습니다.

이는 날개가 돋아 신선이 되어 날아오른다는 뜻이지요.

마치 신선이 된 느낌이 이런 것이 아닐까 하는 생각이 들었습니다.

삼림 속에서 욕심을 덜어내며 모든 고민을 놓고 내려오는 힐링의 시간도 좋았지만 좋은 사람들이 있어 더없이 행복한 시간이었습니다.

리더의 덕목

우리나라 역사를 통틀어 가장 많은 책을 저술한 사람은 다산 정약용이 아닐까 합니다.

그는 『목민심서』에서 다음과 같이 이야기합니다.

"오늘날 백성을 다스리는 자들은 오직 거두어들이는 데만 급급하고 백성을 부양할 바는 알지 못한다.

이 때문에 백성들은 여의고 곤궁하고 병까지 들어 진흙탕 속에 그득한데도,

그들을 다스리는 자는 바야흐로 고운 옷과 맛있는 음식에 자기만 살찌고 있으니 슬프지 아니한가!"

250년 전에 살다 간 분의 글 속에 담긴 내용입니다.

농업시대 무지한 백성들은 통치자의 말만 들어야 했습니다.

권력과 정보를 틀어쥐고 극히 일부분만 교육하는 우민화 정책 아래서는

절대 권력을 가진 통치자가 법이요 진리였기 때문이지요.

그러나 국민 개학(皆學)의 시대에 똑똑한 백성들이 넘치고

전문가들이 즐비하고, 인터넷에 트위터에 SNS로 광속으로 정보를 퍼

존재의 아름다움

나르는 시대에도
 자기 욕심만 차리기에 급급한 지도층이 있다는 것을 슬픈 일입니다.

 지혜로운 통치자는 백성의 말을 잘 듣는 것보다
 말 속에 담긴 생각을 읽을 줄 아는 사람입니다.
 생각을 읽으면 깊은 속뜻이 보이기 때문입니다.

 지도자가 되기 전에는 자기의 생각이 모두 합리적이고 옳다고 생각했
는데
 막상 그 자리에 오르고 보면 꼭 그렇지만은 않을 수 있습니다.
 또 결정에 따라 유불리가 정해지는 그룹들이 존재하고
 복잡다단한 각계각층의 이해 대립을 생각해야 하기 때문이지요.

 그래서 합리적 판단과 정치적 판단은 다를 수밖에 없습니다.
 그러나 하지 말아야 할 것은
 인기 영합으로 근시안적인 판단이고
 사리사욕에 의한 판단이며
 우유부단하여 좋은 시기를 놓치는 것입니다.

 우린 통치자나 권력자가 아닐 수 있습니다.
 하지만 작은 사회 속에서도 리더가 필요한 것이고
 그 리더는 우리의 모습일 수 있습니다.
 공평과 배려, 날카로운 판단과 추진력은 누구나 갖추어야 할 큰 덕목
이 아닐까 합니다.

신문지로 멀칭을

자동차를 타고 너른 들녘을 달리다 보면
끝 간데없는 비닐하우스와 검은 비닐로 멀칭된 밭을 보게 됩니다.
저 너른 공간에 비닐을 씌우려면 도대체 얼마나 많은 비닐이 필요한
것일까?
나름 궁금하기도 하였거니와 제대로 수거는 되는지 걱정도 되었습니다.

농작물을 심기 전에 멀칭을 하는 이유는
땅이 쉽게 마르는 것을 방지하기 위해서이기도 하고
작물보다 생명력이 강한 잡초가 자라는 것을 막기 위해서이기도 하고
땅을 높은 온도로 보온하여 식물의 생육에 도움을 주기 위해서입니다.

이 멀칭 효과는 실로 대단한 것이어서
농작물이 크고 실하게 성장하는 데 큰 도움을 주는 것이 사실입니다.
그러나 검은 비닐은 기온이 높으면 과도한 보온이 될 수도 있고
비가 내려도 바로 흡수되지 않는 단점이 있을 수 있으며
종래는 사용 후 제대로 수거하지 못했을 때 토양오염의 원인이 되기
도 합니다.

존재의 아름다움

대농으로 넓은 경작지라면 할 수 없는 일이지만
작은 텃밭이라면 신문지로 멀칭을 하는 것도 좋습니다.
신문지 멀칭은 풀이 자라지 못하는 효과는 같지만
과도한 보온에서 자유로울 수 있고, 적당하게 물이 스며들기도 하고
재배 후 수거하지 않고 땅을 갈아도 온전한 흙으로 돌아가기 때문이
지요.

해마다 경작지는 줄어들고 도시의 면적은 늘어 갑니다.
해마다 농민의 숫자는 줄고 도시 노동자의 숫자는 늘어 갑니다.
수출 효자인 자동차, 반도체, 조선, 철강 등등의 제품을 만드는 사람
이라도
농사로 인한 수확물을 먹지 않고는 살 수 없다는 것을 생각해야 합니다.

우리의 땅, 우리의 농토, 우리의 환경은
스스로 지켜내지 않으면 누가 지켜주지 않으니까요.

유교무류

『논어』「위령공」 편에는 "유교무류(有教無類)"라는 말씀이 있습니다.
그 뜻은 어떤 상황에서도 가르침에는 차별이 없어야 한다는 것이고
그것이 곧 교육의 기본이 된다는 의미입니다.
사람의 본성은 선한 것인데 사람에 따라 선악의 차이가 있는 것은
그 사람의 기질과 습관 때문이라는 것이지요.
따라서 사람을 잘 가르친다면 모두 선으로 돌아올 수 있으니
차별을 가져서는 안 된다는 말씀입니다.

천민들이 거주하는 호향(互鄕)이란 마을에서 아이가 찾아왔을 때
공자의 제자들은 그를 돌려보내려 하였지만
공자는 그 아이를 반갑게 맞이하고 일일이 물음에 답해 주었습니다.
마땅치 않게 생각하는 제자에게 공자는 이렇게 말하지요.
"사람이 깨끗한 마음으로 찾아오면 그 깨끗한 마음을 받아들일 뿐
그가 출신을 따져 차별할 필요가 있겠느냐?"

주변을 둘러보면 돈 많고, 많이 배운 사람들에게 더 많은 기회가 제
공되는 세상임에는 틀림이 없습니다.
상위 20%의 삶의 질은 계속 좋아지고 있는데 나머지 80%의 삶은 더

존재의 아름다움

욱 곤궁해지고 있는 현실을 부정할 수는 없는 일이지요.

절대적 평등은 존재할 수 없을는지 모릅니다.
그리고 사람들은 인식 속에서 호오의 감정을 갖고 살아갑니다.
그 인식의 발원이 문명사회에서 집단적 무의식에서 기인하였던 개인 경험치의 발현이든 간에 선입관적 차별이 존재하는 것에는 틀림이 없지요.

나비와 나방은 자연 속에서 살아가는 생명체로 비슷한 무리이지만
사람들은 나비는 친숙한 곤충으로 나방은 불길한 곤충으로 차별합니다.
나방의 처지에서 보면 자기 잘못이 아닌데 그런 취급을 당하고 있으니
억울하기 짝이 없을 것입니다.

자녀가 둘 이상일 경우에 부모도 자녀를 차별하지 않기란 쉽지 않은 일입니다. 하물며 교육 현장에서 여러 명의 아이와 마주해야 하는 경우엔
차별 없음이 더더욱 힘든 일일 수밖에요. 차별은 가장 경계해야 할
것 중의 하나입니다. 차별은 곧 상처의 시작이기 때문이지요.

아이들도 좋아하는 선생님이 있고 싫어하는 선생님이 있게 마련인데
학업을 제대로 따라오지 못하고
수업 시간에 떠들고 장난치기를 좋아하고
숙박비 한 푼 내지 않고 교실에서 잠만 자다 귀가하는 학생들을 보면서
그러지 않은 아이들하고 차별 없이 대하는 것이 힘든 일인 줄 압니다.
하지만 의도적이라도 가치 중립적인 태도를 견지하는 것이 좀 더 많은 아이에게 행복을 전해줄 수 있지 않을까 하는 생각을 해봅니다.

구피를 기르며

이모님이 구피 40마리를 분양해 주었습니다.
1cm 가량 앙증맞은 크기에 활발한 몸놀림은
비록 어항 속이지만 집에 활력을 불어넣어 주었습니다.

꼬리와 지느러미의 화려함 차이로 암수를 쉽게 구분할 수 있는 구피는
어항 속 자기 세계에서 유유자적해 보입니다.

하지만 어항에서 나고 자란 구피는
인식 속 세상의 넓이가 어항의 범주를 넘지 못할 것입니다.
수초도 넣어 주고, 수시로 먹이를 주고
물을 갈아준다고 하더라도 그 인식의 넓이가 넓어지는 것은 아니지요.

이동 수단의 획기적인 발달로
넓어진 세상에 사는 혜택을 누리고 있지만
넓이와 주변 인지의 심한 반비례 관계로 인하여
이웃을 잃어버린 세계에 살고 있는 것이 안타깝습니다.

보행 거리만큼만의 세상 넓이를 갖고 살았던 시절

존재의 아름다움

그 작은 세계에서 친절하고 따뜻한 이웃과의 교감 속에서
행복을 누렸던 시절이 그립기도 합니다.

작은 어항 속에 생명을 기르는 일은 관심과 열정입니다.
문제는 넓이가 넓어지고 나면 관심과 열정의 두께가
얇아질 수밖에 없다는 것이지요.
넓은 세상에 살되 자기만의 작은 세상을 구축해 사는 좋은 방법은
자주 만나는 지인들에게 최선을 다하고
이웃과의 교감을 통한 행복 찾기에 있는 것이 아닐까 합니다.

구피를 기르면서….

와 송

지난여름 바닷가를 산책하다가
해안가 바위틈에서 한 무리의 와송을 보았습니다.
푸른 파도가 넘실대는 바다를 배경으로 앙증맞은 모습으로 자라고
있는
다육식물과의 와송을 보면서
뿌리 내리기도 힘든 바위 표면의 척박함 속에서
드센 바닷바람에도 아랑곳하지 않는 의연함을 보았습니다.

와송은 오래된 지붕의 기와에 붙어서 자라는 소나무잎과 같다고 해서
와송(瓦松) 또는 와화(瓦花)라고 불리며
바위 위에 나는 소나무 모양이라고 해서 바위솔이라고도 부르지요.

모양이 예쁘고 아무 데서나 잘 자라기 때문에
화분에 심어놓고 관상용으로 길러도 좋은 식물입니다.
대부분의 다육식물과는 먹거리와 거리가 먼데
와송은 암을 예방하는 데 탁월한 효과가 있어 약용으로도 사용됩니다.

화천 누이의 집에서 바위솔 한 뿌리를 분양받아 화분에서 기르고 있

존재의 아름다움

습니다.

성장은 더디지만 강인한 생명력으로 살아가는 와송을 보고 있노라면
신비로운 자연의 또 다른 세상을 만나는 것 같은 기쁨이 있습니다.

아주 작은 정성을 주었는데도
참으로 많은 것을 돌려주는 자연은 무진장의 덕을 품고 있습니다.
계산하고 저울질하고, 손익에 따라 행동하는 다소 각박한 인간사에
비하여
여유로움으로 자신의 길을 묵묵히 가는 식물들은
절대 자유의 경지를 보여줍니다.

프랑스의 계몽주의 철학자 장 자크 루소는 이런 말을 남겼습니다.
"식물은 재배함으로써 자라고
인간은 교육함으로써 자란다."

관용과 용서

알렉산더 왕에게는 아름다운 애첩, 판카스페가 있었습니다.

왕은 마케도니아 최고의 화가인 아펠레스를 불러서 판카스페의 눈부신 젊음이 사그라지기 전에 그녀의 전신상을 그리게 했습니다.

어느 날 젊은 남녀를 한 방에 있게 한 것이 짐짓 걱정스러웠던 왕은 불쑥 화가의 작업실에 들렀습니다. 아니나 다를까 아펠레스와 판카스페가 사랑을 나누는 장면을 목격하게 되지요.

아펠레스와 판카스페의 목숨은 장담할 수 없는 지경이 되었습니다.

그러나 왕은 벌을 기다리던 화가에게 아끼던 애첩을 선사합니다.

왕의 은혜를 입은 아펠레스는 그 후 수많은 명화와 함께 판카스페를 모델로 「바다 거품에서 태어나는 비너스」를 남겼다고 합니다.

힘 있는 자가 자신이 아끼는 것을 범한 약자에게 관용과 아량을 베풀기는 쉬운 일이 아닙니다. 어쩌면 알렉산더는 아량과 포용적 지도력으로 넓은 제국을 통치할 수 있었는지도 모르지요. 남의 이야기일 때와 자신의 이야기일 때는 판단과 대처 방법이 다를 수밖에 없는 것이 세상입니다.

하지만 순간의 분노와 성질을 다스릴 수 있어야 합니다.

그것이 서로를 살릴 수 있는 상생의 문을 열어주기 때문이지요.

존재의 아름다움

자연의 치유력

아침 일찍 텃밭에 나가보지 않은 사람은
이슬방울을 듬뿍 매달고 청아하게 피어있는 노란 호박꽃의 아름다움과
마디마디 아기 손가락만 하게 달린 오이의 청초함
보랏빛 향기를 닮은 실한 가지 꽃
촉촉이 젖은 흙내음의 깊이를 알 수가 없습니다.

문밖에서 날마다 식물과 자연이 어우러져
성장의 축제를 벌이고 있지만
아파트에서 잠을 깨면 그러한 세상이 존재하는 것조차
알 수 없는 메마른 삶이 되고 맙니다.

거친 세상에서 그나마 윤기 있는 삶을 살아가려면
가끔 자연의 품에 안겨야 합니다.
간밤의 비를 흠뻑 맞고 자란 상추와
벌써 사람 키를 훌쩍 넘어버린 옥수수
아래 가지에는 열매를 실하게 익혀가면서도
위쪽에는 계속 꽃을 피워 올린 대추토마토….

간밤의 바람에 정리되지 않는 모습들을
가지런히 해놓고 나니
식물이 기쁨에 겨운 작은 떨림 들이
손끝으로 전해져 오는 것 같아
작은 행복이 느껴집니다.

텃밭은 수확으로 인해 상에 오르는 결과로서가 아니라
성장하고 열매 맺는 과정이 더 많은 기쁨을 안겨줍니다.

세상일이 번잡하여 힐링이 필요하다면
손바닥만 하더라도 텃밭을 가꾸어 보는 것이 좋습니다.
요소요소에서 만날 수 있는 감사의 조건들이 참으로 풍부해지니까요.

존재의 아름다움

존재의 아름다움

미국의 대부호 카네기는 젊은 시절 파산으로 인해 모든 것을 잃었던 때가 있었습니다.

삶에 희망을 잃고 자살을 결심하고 허드슨강을 찾았습니다.

그때 두 다리 없이 판자를 개조해 만든 조악한 휠체어에 앉은 사람이 다가왔습니다.

"선생님 연필 한 다스만 사 주세요."

딱한 마음에 카네기는 1달러를 주고 되돌아섰습니다.

"선생님 연필 가져가세요."

카네기가 필요 없다고 해도 그 사람은 기어이 연필을 주려고 했습니다.

"연필을 가져가지 않으면 이 돈을 받을 수 없습니다."

카네기가 연필을 받아들며 그 남자를 바라보았습니다.

남자의 얼굴에 그 누구보다도 행복한 미소가 가득했습니다.

순간 카네기는 자살하려는 자신이 부끄러워졌습니다.

훗날 그는 그때를 이렇게 회상합니다.

"나는 살아갈 희망이 없었습니다.
하지만 두 다리가 없으면서도 웃음을 잃지 않던 그 남자를 보고
나도 살아야겠다고 결심했습니다."

존재는 누구에게나 귀하고 소중한 것입니다.
삶이란 그 자체로 축제이기 때문입니다.
요즘엔 가진 것이나, 능력 또는 성과로 사람을 평가합니다.
그리고 아름다움이나 건강미 등 외부로 드러나는 것으로 평가를 대
신하기도 하지요.
하지만 사람은 평가 이전에 존재 자체로 참으로 아름다움인 것을 알
아야 합니다.

아침에 일어나서 눈부시게 떠오르는 찬란한 태양을 볼 수 있다는 것도
아침상 앞에서 사랑스러운 배우자와 도란도란 이야기를 나눌 수 있다
는 것도
굶지 않도록 소박한 직장에 몸담을 수 있다는 것도
내 몸이 멀쩡하여 크게 불편하지 않은 것도
모두가 행복의 원천일 수 있습니다.

우리 주변의 삼라만상(森羅万象)을 보아도 그렇습니다.
아무런 생각 없이 바라보면 모르겠지만
자세히 뜯어보면 아름답지 않은 것이 없습니다.

존재의 아름다움엔 이유가 없으니까요.

존재의 아름다움

바닷새 이야기

어느 날 노나라 궁전에 바닷새 한 마리가 날아왔습니다.
노나라 임금은 이 새를 친히 궁으로 데리고 와 주연을 베풀고,
아름다운 궁궐의 음악을 들려주고, 산해진미를 대접하였습니다.
　그러나 새는 어리둥절해하고 슬퍼하기만 할 뿐, 고기 한 점 먹지 않고
술도 한 잔 마시지 않은 채 사흘 만에 결국 죽어버리고 말았습니다.

　이것은 사람을 기르는 방법으로 새를 기른 결과로
새를 기르는 방법으로 기르지 않았기 때문입니다.
『장자』의 「지락(至樂)」 편에 나오는 이야기이지요.

　바닷새 이야기는 역지사지의 방법을 논하고 있습니다.
왕이 바닷새를 데리고 온 이유는 새를 사랑했기 때문입니다.
사랑하는 대상을 곁에 두고 싶은 마음이 앞서는 것은 인지상정이니까요.
문제는 그 결과가 새의 죽음으로 나타난 것이지요.
그럼, 무엇이 잘못되었을까요? 폭력엔 두 가지가 있습니다.
존재를 부정한 폭력과 사랑에 의한 폭력이 그것이지요.

　바닷새가 원하는 것은 너른 바다라는 삶의 터전과 허기진 배를 채울

수 있는 물고기였지 궁궐의 좋은 음식과 음악이 아니었을 것입니다.

우린 가끔 사랑이라는 이름으로 상대방에게 아픔을 줄 수도 있다는 것을 잊고 살 때가 많습니다.

팔레스타인과 이스라엘의 포격전으로 숭고한 인명의 희생이 많습니다.

정작 이들이 신봉하고 있는 종교의 기본 정신은 사랑입니다.

원수를 사랑하라고 하면서도 남을 죽이기까지 하는 아이러니가 일어나고 있는 것이지요.

식물을 심어놓고도 사랑이 지나쳐 물을 자주 주거나
살았는지 죽었는지 흔들고, 가지를 꺾어보는 행위는
사랑한다고 하지만 실은 식물에 고통을 주는 것입니다.

아이들을 대하면서도 혹시 사랑이라는 이름으로
학원 뺑뺑이로 아이를 고통스럽게 하고 있지는 않은지
부모의 바람과 욕심 때문에 아이들이 병들어가고 있는 것은 아닌지
나는 사랑이었지만 받는 사람에겐 고통인 경우는 없었는지
겸허히 돌아볼 필요가 있습니다.

상대방을 사랑한다면 그 사람이 원하는 방식으로 사랑해야 합니다.
공부 못하는 아이는 절대 자살하지 않습니다.
공부 잘하는 아이들이 자살하는 경우가 많습니다.
이는 사랑하는 방법이 잘못되었기 때문이지요.
아이를 사랑한다면 아이의 관점에서 사랑해야 합니다.

존재의 아름다움

인생은 길이가 아니고 의미

무더위가 시작되었습니다.

창을 열면 훅~ 끼치는 더운 열기는 열대지방의 한낮을 연상케 합니다.

비라도 시원하게 내렸으면 하고 바라지만

염천의 하늘은 달구어질 대로 달구어져 강한 햇살만 쏘아대고 있습니다.

이 무더위 속에서도 시간은 흘러가고 계획된 날은 다가옵니다.

한낮 뙤약볕 속에서 걸어야 하는 일은

시원한 그늘을 연상하지 않으면 도무지 내키지 않는 일입니다.

아이들도 졸업이라는 쉼을 연상하며 오늘도 등교하는지 모를 일이지요.

아이들 12년 노력이 수능이라는 단 하루의 평가로 결정되는 아이러니한 현실을 두고도

그 누구도 그 과정의 타당성과 결과의 적절성을 이야기하지 않습니다.

이제껏 그래 왔으니 당연히 그래야 한다는 것은 참으로 위험한 생각임에도

그 심각성을 깨닫지 못하고 있는 것이지요.

1년 동안 밤잠을 설쳐가며 프로젝트를 구상하고 결과물을 제출했는데
대충 훑어본 상사가 싸늘한 한마디 평가를 날린다면
비수처럼 꽂힌 말에 얼마나 가슴팍이 시리겠습니까?
아이들의 그 시련의 시간을 우리 사회가 얼마나 닦아주고 있는지 한
번쯤 반성해 볼 일입니다.

또 문제를 잘 풀면 인생을 훌륭하게 살 준비가 되는지
수능 점수를 잘 받으면 인격적으로도 훌륭하게 되는지도 살펴보아야
합니다.
아이를 점수로 윽박지를 것이 아니라
어떻게 사는 것이 행복한 삶인가 하는 철학을 가르쳐야 합니다.

인생은 길이가 아니라 의미이기 때문이지요.

존재의 아름다움

손톱으로 판 호수

저는 아직 인도에 가보지 못했습니다.
가까운 미래에 신들의 세계가 존재하고 삶과 죽음,
과거와 현재가 공존하는 인도에 꼭 가보고 싶은 생각이 있습니다.

인도에는 신들이 손톱으로 판 호수가 있다고 합니다.
힌두교도들이 신성시하는 아부산의 정상에 있는 '나키'라는 호수가
그것이지요.

이 호수를 손톱으로 팠다고 하는 것은
오랜 세월을 거쳐 만들어진 것을 강조하고 있는 것이 아니라
신들에게는 속도가 목표가 아니라는 것을 강조하고 있는 것입니다.

속도 경쟁에 함몰된 세상입니다.
자동차의 빠르기는 요즘 논외로 된 것이 오래입니다.
이제 NS(Nano Second)의 시대가 도래한 것이지요.

좀 더 빠른 인터넷, 좀 더 빠른 스마트폰
좀 더 빠른 컴퓨터….

세상이 빠름에 미쳐있는 것에는 틀림이 없어 보입니다.

물론 빠름의 미학이 존재하는 것도 인정해야 합니다.

하지만 본질적으로 느린 특성이 있거나

느리게 해야만 좋은 것들도 빠름의 틀에 구겨 넣는 세상이 되어버린 것이지요.

세상이 너무 빨라 정신을 차릴 수 없는데도

변화에 적응하기조차 버거운 가속도가 붙습니다.

경쟁력을 최우선으로 하고 살다 보니 사람의 가치는 뒷전입니다.

빠름에만 함몰되어 있다 보면 자기를 잃어버리기 쉽습니다.

빨리 읽은 책은 오래 남지도 않을뿐더러 감명 깊지도 않습니다.

우린 삶에 여유를 가지고 깊이 생각하고 사랑하며 살아가야 합니다.

그것이 훨씬 더 많은 행복을 가져다주니까요.

인도의 신이 왜 손톱으로 호수를 팠는가도 여유를 갖고 생각해 볼 일입니다.

존재의 아름다움

내 안의 빛

촛불은 작은 바람에도 쉽게 꺼집니다.
그것은 빛의 근원이 외부에 있기 때문입니다.
하지만 반딧불이는 거센 폭풍우 속에도 빛을 잃지 않습니다.
그 빛의 근원이 자기 안에 있기 때문입니다.

깨달음이라는 실체도 언제나 내 안으로부터 시작해야 합니다.
모든 일을 외부의 명령에서가 아니라
자기 속에서 우러나오는 사랑으로 시작해야 합니다.
그래야 진실하고 오래 갈 수 있습니다.

사방이 캄캄하고 어두울 때
어둠에 적응하려고 애쓰거나 어둠을 회피하려고 노력한다고 해서
어둠이 사라지는 것은 결코 아닙니다.

그러나 빛을 밝히면 어둠은 저절로 사라지게 되지요.
화가 나거나 우울하거나 불행하거나 힘이 들 때일수록
내 안의 빛을 밝혀야 합니다.

어둠이 짙을수록 빛은 더욱 빛나게 마련입니다.
지금이 어렵더라도 빛을 잃어선 안 되는 이유입니다.

거대한 불도 그 시작은 작은 불씨였습니다.
그러니 작지만 소중한 것, 자기 안의 빛을 키우시기 바랍니다.

미래를 알 수 없는 망망대해를 항해해야 하는 인생에서
　내 안에 작은 등불 하나 간직하고 살아가는 것만큼 소중한 것도 없다
고 생각합니다.

존재의 아름다움

8전짜리 3개면 23전

안회(顏回)는 배움을 좋아하고 성품도 곧아 공자(孔子)의 제자 중 으뜸으로 인정받습니다.

하루는 공자의 심부름으로 장에 들렸는데 한 포목점 앞에서 가게주인과 손님이 시비가 붙은 것을 보았습니다.

손님이 8전 3개면 23인데 왜 24전(錢)을 요구하느냐 따지고 있었지요.

안회는 손님에게 정중히 인사한 후 말합니다.

"8전 3개면 24전입니다. 당신이 잘못 계산한 것입니다."

손님은 물러서지 않고 말했습니다.

"그럼, 우리 동네에서 가장 훌륭한 공자님에게 물어봅시다."

안회가 말하지요.

"좋습니다. 만약 당신이 지면 어떻게 하겠습니까?"

"그러면 내 목을 내놓을 것입니다."

"제가 틀리면 관(冠)을 내어 드리지요."

두 사람이 공자를 찾았습니다.

공자는 자초지종을 듣고 나서 안회에게 웃으면서 말했습니다.

"네가 졌으니 이 사람에게 관을 벗어 주거라."

안회는 순순히 관을 벗어 포목 사러 온 사람에게 주었고
그 사람은 의기양양하게 관을 받아 돌아갔습니다.

안회는 공자의 판단을 도저히 이해할 수 없었습니다.
나중에 공자가 이야기하지요.
"손님이 맞는다고 하면 너는 졌지만, 그저 관 하나 준 것뿐이고
만약 네가 맞는다고 하면 그 사람은 목숨을 내어놓아야 하지 않겠느냐?
관이 더 중요하냐? 아니면 사람 목숨이 더 중요하냐?"

모든 것 앞에 인간을 내세운 인본주의 정신 앞에 마음이 숙연해집니다.
세상에서 가장 소중한 것은 사람입니다.
옳고 그름은 그다음의 일이지요.

세상에서 가장 위대한 장사꾼은 사람을 얻는 사람이라는 말씀처럼
주변의 사람을 소중히 여겨야 합니다.
한 사람 한 사람이 곧 우주와도 같은 무게를 가진 것이니까요.

존재의 아름다움

책임의 리더십

[존경하는 마이드 장군!

이 작전이 성공한다면 그것은 모두 당신의 공로입니다.

그러나 만약 실패한다면 그 책임은 나에게 있습니다.

만약 작전에 실패한다면 장군은 링컨 대통령의 명령이었다고 말씀하십시오. 그리고 이 편지를 모두에게 공개하십시오!]

이 짤막한 편지는 미국 16대 대통령 링컨이 게티즈버그 전투를 앞두고 마이드 장군에게 공격 명령을 내리면서 보낸 것입니다.

책임의 정치를 구현하는 링컨의 리더십이 멋진 대목이지요.

위치는 책임을 의미합니다.

우린 종종 실패하거나 잘못되었을 때

핑곗거리를 찾거나 다른 사람에게 전가하기 좋아합니다.

우리와 데면데면한 관계에 있는 일본의 전 수상 다나카(田中) 씨는 초등학교밖에 나오지 않았습니다.

그가 대장성 장관으로 임명되었을 때 동경대 출신을 비롯한 엘리트 관료들은 불만이 많았습니다.

그는 취임사에서 이렇게 이야기하지요.

"여러분은 천하가 알아주는 수재들이고
저는 초등학교밖에 나오지 못한 사람입니다.
더구나 대장성 일에 대해서는 깜깜합니다.
따라서 대장성 일은 여러분이 하십시오.
저는 책임만 지겠습니다."

이 짤막한 취임사로 그는 부하직원들의 마음을 얻을 수 있었습니다.
겸손한 마음과 상대방 존중, 그리고 책임을 지는 자세는
진정한 리더십이 어떤 것인지를 보여줍니다.

자기 일에 최선을 다하되 결과에 책임을 질 줄 아는 자세
그것이 위대함의 발로가 됩니다.

존재의 아름다움

관계의 소중함

세상엔 노력해도 잘 안 되는 일이 있습니다.
애정을 듬뿍 주고, 아침저녁으로 사랑스러운 눈길을 주고
혹시 흙이 마를세라 너무 과도한 물주기를 했을세라
애지중지 기른 화분 하나가
원인도 모르게 시름시름 죽고 말았습니다.

죽음 또는 떠나감 후의 안타까움과 상실감이 자못 크다는 것을 느낍니다.
이는 오로지 나와의 관계성 속에서 이루어진 탓일 것입니다.
오늘도 평균 하루에 42명이 자살을 하고, 15명이 교통사고로 세상을 떠나며
6명이 산업재해로 세상을 등집니다.

그 소중한 목숨에 비하여 하찮은 식물이 더 마음을 아프게 하는 것은
사람의 목숨이 소중하지 않아서가 아닙니다.
내가 베풀어준 사랑의 크기가 다르기 때문이지요.

다시 정리하면 관계의 유무에 따른 행동양식의 변화가

심리 상태까지 영향을 미친 것입니다.

중국 스촨성의 지진으로 8만 명이 죽은 것보다
친했던 이웃 한 사람이 죽은 것이 더 아픔으로 다가오고
미국의 대평원에 가뭄이 들어 인류 식량이 위협받는 것보다
내 밭의 식물이 말라 죽는 것이 더 절실한 것이 인지상정입니다.
결국 우린 현상보다는 관계에 기초하여 살아가기 때문이지요.

우리가 시장에서 소고기를 구매하여 맛있게 먹을 수 있는 이유도
그 소를 내가 기르지 않았기 때문이며
죄 없이 도살당하는 장면을 보지 않았기 때문입니다.
나와의 관계가 존재한다면 심리적 요인이 개입하기 때문에 그리 유쾌
한 일이 아닐 것입니다.

그렇게 중요한 것이 관계에 기초한 삶임에도 불구하고
우리는 함께하는 사람의 소중함을 잊고 살 때가 많습니다.
또한 나의 존재가 관계의 어울림 속에서 빛날 수 있다는 것도 잊기
쉬운 일이지요.
세월이 흐른 뒤에 남게 되는 기억이나 평판 또한
관계 속에서 이루어진다는 아주 평범한 사실을 조금이라도 기억했으
면 좋겠습니다.

존재의 아름다움

OTL, 좌절 금지

덴마크를 여행하면서 가장 많이 듣고 본 것은
안데르센 관련 이야기였습니다.
어린아이처럼 순수하고 낭만적이며
극적인 반전이 있고, 유쾌한 필체의 동화로
세계적으로 명성을 크게 얻은 작가이기 때문입니다.

"문학은 삶의 투영"이라는 말씀이 있습니다.
안데르센은 낭만적이고 멋진 인생을 살아왔을 것으로 생각하지만
안데르센처럼 불우한 청소년기를 지낸 사람도 드뭅니다.

안데르센은 구두 수선공의 아들로 태어나
지독하게 가난한 시절을 겪었으며
아버지는 어릴 때 정신병으로 죽었고
어머니는 거리에서 구걸하는 행려병자였으며
그 자신은 너무 못생겨서 여자들의 관심을 받지 못했지요.

훗날 그는 이렇게 이야기합니다.
"나는 가난했기에 「성냥팔이 소녀」라는 글을 쓸 수 있었고

못생겨서 아무런 관심을 받지 못했기에 「미운 오리 새끼」를 쓸 수 있었다."

안데르센은 자신의 약점을 장점으로 승화시켜 큰 업적을 남긴
위대한 사람 중의 하나임에는 틀림이 없습니다.

두 손가락의 피아니스트와
의족으로 올림픽 단거리에 출전한 선수
암을 극복한 사이클 선수
우리 주변에는 어려움을 이기고 열심히 살아가는 사람들이 참으로
많습니다.

역경이란 받아들이기에 따라서는 큰 기회가 될 수 있습니다.
그것이 삶 속에서 절망을 탄핵해야 하는 이유이고
짙은 어려움 속에서도 좌절을 금지해야 할 이유입니다.

존재의 아름다움

인식의 덫

사람은 각자 재능과 관심이 있는 곳에 마음을 쓰기 마련입니다.
성경을 읽는다고 치면
족보를 연구하는 사람은 아브라함으로부터 시작하는
족보에 관심이 많고 나머지는 인식 외적 영역으로 남겨두게 됩니다.

언어학자는 피터를 왜 베드로라고 표기했는지
존을 왜 요한으로 기록했는지….
이런 것에 중점을 두고 다른 것엔 별 무관심입니다.

고고학과 지리학에 관심이 있는 사람들은 갈릴리 바다, 겟세마네 동산
요단강, 가나안, 예루살렘 등등 지명에 함몰되어
위치를 파악하느라 분주할 것이고

기묘한 것을 좋아하는 이들은 성경 속에서
기적이나 이적을 기록해 놓은 것에 흥미를 느낄 것입니다.

이는 모두 개인의 편협한 경험의 범주를 일반화한 것이어서
전체를 통찰하기에 부족합니다.

또한 위의 글을 읽는 순간 나는 절대로 그 범주 안에 들어있지 않다고 생각하지만

그 누구도 경험이나 인식의 범주를 벗어나는 것에 자유로울 수 있는 사람은 없습니다.

요즘의 책은 읽는 책이 아니라 보는 것이라고 이야기합니다.

문자와 문장 속에 녹아있는 깊은 감칠맛을 느끼는 것이 아니라

그림과 몇 줄의 문장에 의지하여 껍질만 핥고 넘기는 경우가 많다는 것이지요.

가뜩이나 독서의 편식이 심한 요즘인데

긴 글은 소화불량이라 치부해버리고

알량한 재미를 위하여 얄팍함으로 독서를 낭비하는 경우가 많습니다.

널려져 있는 것이 책일 수 있지만

작가는 그 책을 쓰기 위하여 뼈를 깎는 고통을 인내합니다.

우리가 한 줄 한 줄을 소중히 여기고 깊은 사색을 통한 책 읽기를 해야 할 이유입니다.

존재의 아름다움

신에게는 아직 12척의 배가 있나이다

지난번 목포를 방문하여 유달산에 올랐을 때
중턱에서 이순신 장군을 기리는 행사를 보았습니다.
천자총통을 복원하여 발사 장면을 재현한 것인데요.
옆에서 구경하다 총통에서 뿜어져 나오는 대포 소리가 너무 커서
깜짝 놀란 적이 있습니다.

백의종군을 선언하고 원대 복귀한 이순신에게
선조는 궤멸 직전의 수군 전력이 너무 약하니 권율의 육군과 합류해
전쟁에 임하라는 명을 내립니다.
그러자 이순신은 고민 끝에 다음과 같은 장계를 올리지요.
"신에게는 아직 12척의 배가 있나이다."

전쟁은 영화에서 보는 것처럼 의협심으로 되는 것도 아니고
전쟁터에서 일어나는 로맨스처럼 달콤한 것도 아닙니다.
하늘과 땅을 찢는 총과 대포 소리, 아비규환의 비명
생과 삶의 갈림길, 팔다리가 잘리고 선혈이 낭자한 처절함과 공포의
현장에서
그 늠름했던 선박을 다 잃었는데도 그는 이렇게 이야기합니다.

신에게는 아직 12척의 배가 있나이다.

상대방은 300척이 넘는 배에 넉넉한 군사들이 있고
자신이 없는 사이 싸움에 져 군졸 대부분이 사망하고
패잔병의 모습으로 사기가 땅에 떨어져 있을 때
그는 이렇게 이야기합니다.
신에게는 아직 12척의 배가 있나이다.

조정대신들 중 자신의 의견에 동조하는 사람 하나 없고
심지어 사직을 지켜야 하는 왕까지 해군을 포기하고 등을 돌렸음에도
그는 이렇게 이야기합니다.
신에게는 아직 12척의 배가 있나이다.

어려운 가운데서도 소신을 굽히지 않으며
절망 가운데서도 희망을 잃지 않은 긍정의 마인드가
무려 10배가 넘는 133척의 왜적을 무찌르는
명량대첩을 일구어냅니다.
설령 그가 대첩을 이루지 못하고 실패한 인생을 살았을지라도
그 용기와 정신은 오늘날에 살려낼 충분한 가치가 있어 보입니다.

今臣戰船尙有十二
금신전선상유십이
[신에게는 아직 12척의 배가 있나이다.]

존재의 아름다움

흔적(痕迹)

대학교 다닐 때 금석문을 탁본하는 재미에 푹 빠져 지낸 적이 있습니다.

삼척시 무릉계곡에 갔을 때 양사언 글씨의 멋스러움에 탁본을 시도한 적이 있습니다.

"武陵仙源 中台泉石 頭陀洞天"이라는 글이 바위 위에 새겨져 있는데

오랜 풍상을 겪어 획이 잘 살아있지 않을 뿐 아니라

계곡의 흐름이 바뀌어 우기에는 물에 잠기기 때문에

건기에만 탁본할 수 있는 매우 큰 글자의 석각입니다.

글자 1자를 탁본하는데 8장의 화선지가 들어갔는데

글자가 초서에 가까운 행서여서 알아보기가 여간 어려운 것이 아니었습니다.

탁본한 92장의 화선지를 죽 늘어놓고

글자 맞추기를 하다가 퍼즐을 완성하지 못하여 축제에 전시를 못 한 아픈 추억이 있는 글자이기도 하지요.

무릉계곡에는 그 글자 말고도 수백 명의 이름이 새겨져 있습니다.

모두 후대에 이름을 남기기 위한 욕망을 바위에 흔적으로 남겨놓은 것이지요.

* 원래 흔적은 상처의 역사를 의미합니다. 痕 자는 '흉터 흔' 자이거든요.

우리는 살아가면서 자신의 이름을 후대에 남기려 무진 애를 씁니다.
커다란 동상을 만들기도 하고, 송덕비를 세우기도 하며
단단한 돌에 이름을 새겨 넣기도 합니다.
그런데 사람의 인식은 참으로 형편없는 것이어서
그 이름들을 일일이 기억해내지 못합니다.

어찌 보면 이름을 돌에 새기는 사람보다
사람의 마음속에 새겨 넣는 것이 더 오래도록 기억에 남는 것인데 말
입니다.

묘비명을 영어로 Epitaph라고 합니다.
테레사 수녀님의 묘비명에는 다음과 같이 적혀있지요.
"인생이란 낯선 여인숙에서의 하루와 같다."

외형적으로 드러내는 것에 급급해할 것이 아니라
어차피 내 것이 없었던 세상!
흔적이 없더라도 삶을 초연하게 살아내는 것이
훨씬 더 멋진 인생일지 모릅니다.

존재의 아름다움

느린 우체국

하늘가는 길목 영종대교 휴게소에는
느린 우체국이 개설되어 있습니다.
지금의 생각이나 미래 비전이나 사랑하는 것들
손 편지를 써서 우체통에 넣으면 1년 후에 배달해 주는
일종의 배달 지연 서비스인 셈이지요.

작은 공간에 엽서와 펜이 준비되어 있답니다.
지금 기록한 내용을 1년 후에 받아볼 수 있다면
아스라이 기억 저편에 있었던 과거의 이야기가
살아있는 펄떡임으로 다가온다면
그 또한 삶의 큰 활력소가 되지 않을까 생각합니다.

요즘 사랑하는 연인들이 쉽게 이별하는데 그 이면에는
문자나 카톡, 밴드나 마이피플을 통해 연락했을 때
즉각 반응이 없어 다툼이 원인인 경우가 많습니다.
감정의 표현도 직설적이지만 번개 같은 피드백이 뒤따르지 않을 때
그 짧은 시간을 인내하지 못하는 조급증 때문이지요.

요즘 없어지는 것 중의 하나가 우체통입니다.
보내기를 누르는 순간에 지구 반대편까지도 메일이 배달되니 말입니다.
어쩌면 느린 우체국은 급한 초고속 시대에 마음의 여유를 갖게 해주는
작은 몸짓일지 모릅니다.

생각을 정리하고 건강을 챙기려면 숲길 걷기 및 등산이 좋습니다.
조급한 사람은 정상에 오르기 어렵습니다.
천천히 서두르지 않고, 묵묵히 걷는 사람이 정상에 오를 수 있지요.

한자 성어에 "욕속부달(欲速不達)"이 있습니다.
지나치게 빨리 가려면 도달하지 못한다는 말씀이지요.
조그만 이익에 너무 연연하지 말아야 할 이유이고
빨리 먹는 밥이 쉬 체하는 이유일 것입니다.

또 "삼일지정일일행십일와(三日之程一日行十日臥)"란 말씀도 있습니다.
3일 걸리는 거리를 하루에 주파하고 열흘 동안 누워있었다는 말입니다.
가끔은 천천히 걸어야 널려진 아름다움과 행복을 느낄 수 있습니다.

존재의 아름다움

얼 굴

아마도 인류가 자신을 객관적 시각으로 보기 시작한 것은
냇가나 웅덩이에 자기 모습이 비친 것으로부터 출발했을 것입니다.
거울의 조상 청동거울도 청동기시대에 비로소 출현한 것이니까요.

우린 하루에도 몇 번씩 거울 앞에 섭니다.
그러고는 가치 주관적인 나보다 보이는 나에 더 초점을 맞추게 되지요.
또한 자주 봄으로 생기는 심리적 호감으로 인해
비교적 남들보다 좋게 평가하고 그만하면 잘생겼다는 착각에 빠지게
됩니다.

인간은 얼굴의 미세한 차이를 쉽게 감지할 수 있는 인지능력이 있습
니다.
또한 얼굴을 통해 신원의 확인뿐만 아니라
사람의 감정까지도 읽어내는 신기한 능력을 갖추고 있지요.

주민등록증엔 사람의 얼굴 사진만 박혀있습니다.
얼굴은 신체의 1/8 정도만 차지하는데도 말이지요.
즉 사람의 손이나 발의 모양이나 목소리나 체형 등은 어디에도 기록

되어 있지 않습니다.

그것은 얼굴 외적인 모습이 덜 중요해서가 아니라

얼굴 이외의 다른 부분을 보고는 특정인을 인식하기 어려운 인지구조를 갖고 있기 때문입니다.

사람의 얼굴은 하나의 풍경이요, 한 권의 책이라고 합니다.

화장으로 얼굴의 부족한 부분을 가릴 수는 있으나

표정이나 분위기에서 발산되는 대부분의 모습은 생각만큼 가려지지 않습니다.

얼굴은 결코 거짓말을 하지 않기 때문이지요.

얼굴 풍경은 붓과 솔, 로션이나 화장품이 아니라

걸어온 삶과 사고방식, 학식, 사려 깊은 행동, 온화한 마음가짐 등

자기 자신을 세상에서 제일 소중한 시간으로 채워갈 때

아름답게 그려질 수 있습니다.

아름다운 얼굴을 만들려면 거울 앞에서 시간을 보낼 것이 아니라

멋스러운 삶을 만들어가는 과정에 더 많은 시간을 투자해야 합니다.

또한 항상 밝은 마음으로 관용과 배려를 잊지 말아야 하지요.

아름다운 얼굴은 내가 스스로 만들어가는 것이니까요.

존재의 아름다움

소 통

집 안 여기저기 돌아다니면서 뒷다리를 들고 오줌을 함부로 싸는
애완견을 교육하기 위하여
주인은 목줄을 매어 밖으로 데리고 나옵니다.

그리고 손수 밖에다 소변을 보는 모범을 보이지요.
똑똑한 애완견은 주인의 의도를 눈치챕니다.
그리고 집에 들어와 소파를 향하여 앞발을 들고 오줌을 누지요.
장소를 학습하지 않고 자세를 학습한 결과입니다.

이렇듯 소통이란 쉬운 것이 아닙니다.
그 속에는 개인의 이해관계 및 입장이 들어있기 때문이지요.

말에도 길이 있습니다.
그것을 언로(言路)라고 이야기하지요.
길은 사통팔달 시원스레 뚫려있어야 합니다.
그래야 차량 흐름에 변비가 생기지 않으니 말입니다.
언로도 마찬가지여서 위아래, 좌우로 막힘이 없어야 합니다.

우린 지위 때문에, 체면 때문에
호오의 감정 때문에. 지나친 배려 때문에
자신의 의견을 드러내지 못하고 가슴앓이하는 경우가 있습니다.

알아서 해주기를 기대하다가 눈치 없는 상대방이 헤아려주지 않을 때
상실감과 섭섭함 때문에 관계가 소원해지기도 합니다.
소통의 도구는 널려있는데
표현의 부족으로 인한 불편함을 감수해야 하는 경우도 많습니다.

소통의 도구가 이용이 편리하고 많다고 해서 소통이 더 원활해지는
것도 아닙니다.
마음에 들지 않으면 클릭 한 번으로 끊어버릴 수 있는 것이 요즘 도
구이기 때문입니다.
어쩌면 그런 환경이 소통의 편협을 가져올 수도 있습니다.

소통은 내 주장을 관철하는 데 있지 아니하고 상대방의 이야기를 잘
들어주는 데 있습니다.
개방된 사고를 하고 사느냐, 경색된 생각을 하고 사느냐 하는 것은
소통의 질과 방향에 달려 있다고 해도 과언이 아닙니다.
소통은 반대의 목소리를 겸허하게 경청하는 것에서 출발한다는 것을
잊어선 안 됩니다.

존재의 아름다움

누름돌

정상적인 가정이라면 어느 집에나 돌 하나 없는 집은 없을 것입니다.

그냥 아무렇게나 생긴 돌을 의미하는 것이 아니라

어떤 것을 절이거나 담가놓을 때 위에 올려놓는 누름돌을 말하는 것
입니다.

물론 요즘은 누름돌을 건강에 좋은 재료로 잘 만들어서 팔기도 합니다.

어릴 적에는 강가에서 평평하고 넓적하고 매끈한 돌을 골라

김치 항아리 위에 얹어놓곤 했습니다.

이 돌은 곰팡이 피는 것을 방지하고

골고루 간이 잘 배게 하는 것으로, 누름돌이라 불렀지요.

이 누름돌은 물 위에 뜨는 식재료들을 꾸욱 눌러서 삭히는 데 도움
을 주고

음식을 고루고루 알맞게 발효시키는 데 큰 역할을 하게 됩니다.

따라서 우거지가 생기는 것을 방지하고,

정갈한 음식을 만들기 위해서는

누름돌이 꼭 필요한 셈이지요.

쉽게 간이 배서 빨리 먹는 음식에 누름돌을 사용하지 않습니다.

오랜 세월 숙성의 시간을 거쳐 발효되는 음식에 주로 누름돌을 사용하게 되지요.

이는 긴 세월을 기다림으로 인내해야 하는 것을 의미하고

자신을 희생하여 맛을 완성하는 조화로움을 의미하는 것이기도 하지요.

음식의 성질이 서로 다르다고 하더라도

이 누름돌 아래서는 서로 닮아가는 관계의 멋스러움이 생기게 됩니다.

우리도 사람과 사람과의 관계 속에서

진한 인품으로 조화를 추구하기 위한 누름돌 하나는 갖고 있으면 좋겠습니다.

존재의 아름다움

자신이 정답입니다

북부지방에서 자생하던 야생초를 남쪽에 옮겨 심으면
겨울나기가 비교적 수월합니다.
따뜻한 남쪽 지방에서의 겨울은
한설을 견디던 고향의 추위와 비교하면
아무것도 아닌 셈이지요.

하지만 반대로 남쪽에서 자라던 야생초를
북쪽에 옮겨 심으면 추운 겨울을 견디지 못하고 얼어 죽기 십상입니다.
인위적인 하우스나 아파트의 베란다를 힘입지 않으면
내년을 기약하기 어렵지요.

어느 해 겨울 인도에서 있었던 일입니다.
이상 저온 현상으로 기온이 섭씨 3도까지 내려간 적이 있었지요.
영상의 날씨임에도 행려자와 노숙자 등 100여 명이 얼어 죽었습니다.
얼어 죽는다는 표현은 체온 유지에 실패하여
저체온증으로 사망에 이르는 경우를 의미하니
결국 영상에서 얼어 죽은 셈입니다.

하지만 러시아 아쿠츠트 시민들은 영하 40도의 날씨를 이렇게 표현
합니다.
"좀 추운 날씨이기는 하지만 매우 춥지는 않습니다."
인도에 살든 러시아에 살든 인종끼리 교배할 수 있으니
민족은 다르지만, 생물학적으로 한 종이라고 이야기할 수 있습니다.

그런데 기온에 대처하는 능력이 이렇게 큰 차별이 존재하는 이유는
환경에 대한 적응력에 기인합니다.
물론 극한의 비교는 옳지 않겠지만
대체로 좀 더 혹독한 환경에 처한 사람들이 적응력이 뛰어납니다.

인간은 환경의 영향을 받는 존재이기도 하지만
환경보다 훨씬 더 위대한 존재임에는 틀림이 없습니다.
환경 때문에 어려움에 처해 있다면 이는 주어진 환경이 문제가 아니라
그 환경 속에 사는 개인이 문제일 가능성이 큽니다.

지금 주변을 둘러보세요.
주변 때문에 힘들지는 않나요?
어쩌면 정답은 주변이 아니라 자신에게 있는 것일는지 모릅니다.

존재의 아름다움

그림자 떼어내기

『장자』「잡편」에 나오는 이야깁니다.

어떤 사람이 자기 그림자가 두렵고 자기 발자국이 싫어서 이것을 떠나 달아나려 하였습니다.

발을 더욱 자주 놀릴수록 발자국은 더욱 빨라졌고,

빨리 뛰면 뛸수록 그림자는 그의 몸을 따라올 뿐이었습니다.

스스로 더디게 뛰기 때문이라 생각하고 쉬지 않고 빨리 뛰다가

결국 기력이 다해 죽고 말았습니다.

그는 그늘 속에서 쉬면 그림자가 없어지고,

고요히 있으면 발자국이 생기지 않는다는 것을 알지 못했던 것이지요.

이 글의 화두는

멈춤

쉼

고요함입니다.

그림자가 생기는 시스템은 우리네 인간이 문화와 문명이라고 이름 짓는 사회의 커다란 시스템일 수 있습니다.

우린 사회에서 요구하는 인간상의 형식 윤리에 갇혀서 억눌린 삶을 살아갈 가능성이 큽니다.

장자는 그런 형식과 속박에서 벗어나 절대 자유를 느끼면서 살아가는 것을 강조한 것이지요.

그런 인생을 살아가려면 끊임없이 달려가게 만들어진

우리 사회의 시스템에서 내려올 수 있어야 합니다.

그러려면 우선 멈출 수 있어야 합니다.

달리면서 자신을 잘 살펴볼 수는 없으니까요.

그는 「덕충부」에서 이렇게 이야기하지요.

"인막감어유슈 이감어지수(人莫鑑於流水 而鑑於止水)"

사람은 흐르는 물에 자신을 비춰 볼 수 없고

오로지 고요한 물에만 비춰 볼 수 있다.

우린 그림자를 떼러 달리는 삶을 살 것이 아니라

고요함 속에서 자신을 돌아볼 수 있는 삶을 살아야 합니다.

그것이 절대 자유의 경지인 행복에 좀 더 가깝기 때문입니다.

존재의 아름다움

이목만목(二目萬目)

『한비자』에 나오는 말씀입니다.

한 나라를 다스리는 군주는 자신의 두 개의 눈으로 세상을 바라보게 됩니다.

하지만 세상은 수만 개의 눈으로 군주를 바라보고 있다는 뜻입니다.

군주만 그러한 것이 아닙니다.

누구든 자신의 두 개의 눈으로 세상을 보고 살아가게 됩니다.

그것이 지나친 주관과 편견의 시발점이 되는 것이지요.

하지만 여러 개의 눈으로 세상을 바라볼 수 있다면

좀 더 객관적인 토대 위에 관점을 쌓아갈 수 있습니다.

남이 하면 바람이고, 내가 하면 로맨스입니다.

며느리가 바람 피우면 쫓아내야 하는 매우 큰 일이고

딸이 바람 피우면 사위가 오죽 못났으면 그랬을까 하는 마음에

그리 호들갑 떨 일이 아니라고 치부합니다.

위의 글을 읽고도 남들의 판단을 비웃음으로 이해할지언정

자기 자신도 스스로 그러한 판단 속에 빠질 수 있다는 것을 헤아리지

못하는 경우가 많습니다.

내 두 개의 눈으로만 세상을 보고 살고 있기 때문이지요.

우리네 인간은 자기중심적인 본능을 갖고 태어납니다.

그래서 자신과 남을 판단하는 잣대가 다른 이중성을 갖게 마련이지요.

시선의 객관화를 이루기가 참으로 어려운 일인 까닭입니다.

우리가 상대를 배려한다는 것도 뒤집어 생각하면 자기 관점에서 자기 중심으로 배려하는 경우가 많고

남을 용서하는 때도 상대방의 처지가 아니라 나의 관점에서 하는 경우가 많습니다.

그래서 남을 함부로 판단해서는 안 되는 것이지요.

또한 그런 딜레마에서 빠져나오려면 상대방의 말을 잘 경청해야 하고

이해하려고 노력하려는 개방적인 마음을 가져야 합니다.

어찌 되었건

남이 타협하면 야합이고

내가 타협하면 양보라고 우기는 세상임에는 틀림이 없습니다.

존재의 아름다움

우린 결과를 예측할 수 없는 씨앗 하나를 가슴속에 간직하고 있습니다. 때를 잘 이용하고 갈고 닦으면 그것이 열매로 화려하게 열리게 될 날이 오겠지요. 내 안의 씨앗을 잘 관리하고 키워야 할 이유입니다.

제4장

내 안의
씨앗

게으름의 미학

"류수불부(流水不腐), 호추부두(戶樞不蠹)"라는 말씀이 있습니다.
흐르는 물은 쉽게 썩지 않고,
사용하는 문지도리는 좀이 슬지 않는다는 이야기지요.

서양의 속담에도 "A rolling stone gathers no moss"가 있지요.
구르는 돌엔 이끼가 끼지 않는다는 말씀입니다.
게으름에 대한 경계의 말씀이기도 합니다.
"부지런한 물레방아는 얼 새가 없다"는 말씀도 비슷하게 사용됩니다.

급변하는 시대적 흐름에 대응해 나가기 위해 변화와 개혁의 물결 속
에서
끊임없이 노력을 거듭해 나가야 한다는 격언이지요.
우린 부지런함의 아이콘으로 개미를 꼽지만
실제로 부지런한 개미는 전체의 1/3밖에 되지 않는다고 합니다.

이렇듯 부지런함은 칭송받는 데 비하여 게으름은 비난받아 마땅한
일로 치부됩니다.
어떻게 보면 대부분의 신기술은 게으름에 기반을 두고 있다고 해도

과언이 아닙니다.

TV 앞에 가서 채널을 돌리는 것보다

편하게 누워서 게으른 상태로 보고 싶은 채널을 마음대로 보고 싶은 욕망이

리모컨을 만들어 낸 원동력이 되었으니 말입니다.

'더 편하게'를 부르짖는 인류의 발명 뒤에는 이렇듯 게으름이 자리하고 있습니다.

어쩌면 인간은 노동을 위해 태어난 것이 아니라

자신의 삶을 영위하기 위해 태어난 것입니다.

행복의 척도는 내가 얼마나 많은 부를 축적했느냐가 아니고

내 삶의 주인이 누구이며, 여유 속에서 만족을 느끼는가에 있습니다.

그러니 게으름이란 외적 환경에 쫓겨 살지 않는 여유로운 삶을 의미하지요.

만나는 사람마다 근황을 물어보면

너무 바빠서 연락할 시간도 없다고 헉헉대는 사람들이 많습니다.

열심히 살아온 그대, 이제 조금 여유 있는 게으름을 즐기는 것은 그리 큰 죄가 될 것 같지 않습니다.

「명량」을 보고

『맹자』의 「진심(盡心) 장」에는 다음과 같은 구절이 나옵니다.
"民爲貴 社稷次之 君爲輕"
민위귀 사직차지 군위경
백성이 가장 귀하고 나라가 두 번째이며
임금이 가장 가벼운 존재라는 의미의 글이지요.

우리나라의 역사는 아쉽게도 왕조 중심의 역사입니다.
소수의 통치자를 중심으로 역사가 기술되고 해석되었으며
인구 대부분을 차지하고 있는 백성들은 역사 속에서 철저히 외면당합
니다.

단원 김홍도와 혜원 신윤복이 명성을 얻고 있는 이유 중의 하나도
그들이 왕의 어진을 잘 그려서가 아니라
서민들의 모습과 풍속을 잘 표현했기 때문입니다.
* 어진(御眞): 임금의 얼굴을 그린 그림이나 사진

이순신의 활약상을 그린 「명량」이라는 영화가 있습니다.
영화는 신격화된 위인의 모습이 아니라

지극히 고뇌에 찬 인간적인 이순신의 모습에 초점을 맞추고 있습니다.

영화 속에는 다음과 같은 대사가 나오지요.
"무릇 장수 된 자의 의리는 충(忠)을 따르는 것이고
그 충(忠)은 임금이 아니라 백성을 향해야 한다."

세계 해전사에 전무후무한 기록을 남긴 이순신은
왕명에 앞서 백성의 안위를 걱정합니다.
결국 노량 앞바다에서 자신의 소신을 위해 싸워온 과정을 죽음으로
써 마무리하게 되지요.

그가 전쟁의 전 과정을 기록으로 남겼다는 것도 대단한 일이지만
우리 사회에서 힘 있는 사람이 책임을 지는 노블레스 오블리주
(Noblesse oblige)의
선구자적인 모습을 보여준 것이 참으로 멋스럽습니다.

맹자의 말처럼 통치자가 가장 가벼운 존재라고 아무리 외쳐도
누구 하나 콧방귀도 뀌지 않는 세상일는지 모릅니다.
다만 소시민으로 바람이 있다면 그들 스스로 노블레스 오블리주를
실천해 주었으면 하는 것이고
책임지지 않는 지도층에 던질 수 있는 반대표의 귀중함을 깨닫고
적극적인 표현을 통해 서민들의 힘 있음을 보여주어야 한다는 것이지요.

그것이 역사를 올바로 세우는 길이기 때문입니다.

합리적인 소비

요즘 젊은이들은 중국집에서 5,000원짜리 자장면을 먹고
스타벅스에 가서 8,000원짜리 커피를 마십니다.
밥값보다 찻값이 더 비싼 참으로 이상한 세상에 살고 있는 것이지요.
저는 개인적으로 커피값이 자장면값보다 비싸면 안 된다고 생각합니다.
그런데 초라한 기성세대의 푸념에 불과한 이야기가 되어버렸네요.

수년 전에 박을 하나 얻어 톱으로 반으로 잘라 씨앗이 들어있는 속을
파내고
푹 삶아서 하이얀 박속을 맛보았습니다.
정말 아무 맛도 나지 않는 박속인데
왜 어렸을 땐 서로 먹지 못해 안달했을까요?

요즘은 박 자체를 모르는 데다가
박속을 긁어 먹었던 이야기는 먼 나라 이야기일 뿐입니다.
풍요로운 사회가 된 것만큼은 틀림이 없지요.

새집으로 이사하고 짐 정리하다 보니 나도 합리적인 소비꾼이 아닌
것을 깨닫게 되었습니다.

요즘의 소비는 필요에 따라 결정되는 것이 아니라

판매자들이 만들어 내는 광고에 따라 좌우되는 경향을 보입니다.

나의 합리적 판단이 아니라 소비자를 부추기는 마케팅 기법에 놀아

나는 경우가 많은 것이지요.

꼭 필요하지 않은데도 남들이 하니까 무조건 따라 하는 모방 구매도

문제이지요.

생각 없이 외부의 자극에 따라 구매를 하게 되면 결국 한두 번 사용

하다

창고를 지키는 신세로 전락하는 상품이 되고 맙니다.

명동을 걷습니다.

길 양쪽으로 빽빽이 늘어선 상점마다 진열장에 전시된 온갖 제품이

가격으로 디자인으로 덤핑으로….

어서 나를 구매해 가라는 유혹의 손길이 널려있습니다.

소비는 물질적 쾌락과 만족감을 주는 것임에는 틀림이 없지만

자기 주머니 사정에 어울리는 바람직하고 합리적인 소비문화가 필요

합니다.

창고를 정리하면서 후회를 남기지 않으려면 말입니다.

내 안의 씨앗

재능 있는 사람은 발톱을 감춥니다

『십팔사략(十八史略)』에 나오는 이야기입니다.

신능군이 어느 날 위나라 왕과 바둑을 두고 있었습니다.

이때 갑자기 북쪽 국경에서 봉화가 오르며 조나라의 침입을 알렸습니다.

위왕은 바로 바둑돌을 던지며 전쟁을 준비하려 했습니다.

이때 신능군은 말하지요.

"이는 조나라의 침입이 아니라 조나라 왕이 사냥하는 것이 잘못 알려

졌기 때문입니다."

연유를 묻는 왕에게 신능군은 자신의 식객 중에 조왕의 정보원이 있어

조나라의 정황을 잘 알 수 있다고 답했습니다.

이 일이 결국 신능군의 말처럼 조왕의 사냥이었음이 밝혀지고

위왕은 신능군에게 두려움을 느끼고 정치에 참여시키지 않게 됩니다.

BC23년 진나라가 위를 공격했을 때 신능군은 장군이 되어

황하 남쪽에서 몽오 장군을 격파하고 함곡관 서쪽으로 진나라를 내

모는 전과를 올립니다.

패전한 진왕은 신능군이 왕위를 노린다는 거짓 정보를 위에 퍼뜨리게

되지요.

귀가 얇은 위왕은 결국 신능군을 해임하게 됩니다.

신능군은 잘못이 없었지만 윗사람의 심리를 파악하지 못하고
큰 그릇이 못 되는 군주에게 자기 재능을 감추지 않고 드러낸 것이
오히려 화를 입은 경우라고 할 수 있습니다.

채근담에는 다음과 같은 내용이 나옵니다.
"사냥을 잘하는 맹수는 항상 발톱을 감춥니다.
지식이나 재능은 함부로 사람들 앞에서 자랑할 일이 아니지요.
진짜 총명한 사람은 그런 지식과 재능이 있더라도 감춥니다.
잘난 체하며 자랑하는 사람은 다른 사람에게 큰 경계의 대상이 되기
때문이지요."

선무당이 사람을 잡는 법입니다.
재능 있는 사람은 섣불리 사람들 앞에서 큰소리치지 않지요.
힘 있는 매가 발톱을 감추는 이유이며
벼가 익을수록 고개를 숙이는 이유입니다.

뛰어난 바둑의 고수는 함부로 대국하지 않습니다.
그리고 깊지 않은 물이 큰 소리를 내지요.
우리가 인생에서 가볍게 처신하지 말아야 할 큰 이유입니다.

내 안의 씨앗

바보들의 천국

　노벨 문학상을 받은 아이작 싱어가 쓴 「바보들의 천국」이라는 단편이
있습니다.

　이 작품에는 '아첼'이라는 주인공이 나오지요.

　그의 부친은 상인으로 큰 부자였습니다.

　그래서 먹고 싶은 것, 마시고 싶은 것, 하고 싶은 것은 무엇이든지 할
수 있었지요.

　그런데 아첼은 천성적으로 게을러서 일하는 것, 공부하는 것 등을 싫
어했습니다.

　아첼은 아버지의 사업을 물려받아야 한다는 것도 알았지만, 그것은
죽기보다 싫었습니다.

　그러던 중, 어느 날 아첼은 유모에게서 천국에 가면 일할 필요도 없고
일하지 않아도 얼마든지 먹고 마실 수 있다는 말을 들었습니다.

　그 말을 들은 아첼은 어떻게든 빨리 죽어 천국에 가고 싶었습니다.

　그래서 아첼은 침대에 누워 꼼짝도 하지 않고 죽기를 기다렸지요.

　며칠 후, 아첼은 너무나 아름다운 천국에서 깨어났습니다.

　그 곁에는 날개가 달린 천사들이 환한 얼굴로 아첼이 깨어나기를 기

다리고 있었습니다.

아첼은 너무 기뻤습니다. 일을 하지 않아도 잔소리하는 이도 없었고,

식사 때가 되면 금 접시, 은 접시에 담긴 산해진미를 천사들이 가지고
와 먹여주었고,

잠잘 때는 천사들이 들어와 포근한 침대에 눕혀주었습니다.

그렇게 며칠이 지난 어느 날,

아첼은 천사들에게 "오늘은 세상에서 먹던 갓 구운 빵과 버터, 커피
를 먹고 싶다."라고 하였습니다.

그때 천사는 "천국에는 그런 음식은 없습니다."라고 알려주었지요.

아첼은 실망하지 않을 수 없었습니다.

다시 아첼은 "지금 몇 시나 되었느냐?"라고 물었습니다.

그러자 천사는 "천국에는 시간이 존재하지 않습니다."라고 하였습니다.

다시 아첼은 "이제 나는 무엇을 하지?" 하고 물었습니다.

이에 천사는 "천국에서는 아무 할 일이 없습니다."라고 하였습니다.

아첼은 천국에서 산해진미만 먹고 온종일 침대에 누워 잠자는 일밖에
아무것도 할 일이 없다는 것을 알게 되었습니다.

그러자 무엇인가 하고 싶은 생각이 간절해졌지요.

하지만 천사들은 천국에서는 일을 할 필요가 없다고 알려주었습니다.

그렇게 아첼은 천국에서 일주일을 보냈습니다.

아첼은 더 이상 천국이 싫었습니다.

"이렇게는 못 살겠어! 차라리 죽는 게 낫겠어!"라고 소리를 질렀지요.

그러자 천사는 "천국에는 죽는 것도 없습니다."라고 하였습니다.

아첼은 천국에 완전히 지쳐버렸습니다.

다음 날, 아첼의 부모가 아들 아첼을 지상에 있는 자기 집으로 데려왔습니다.

그 후, 아첼은 열심히 일하고 열심히 사는 사람으로 변하였지요.

물론 이 단편에 나오는 주인공 아첼이 경험한 천국은 그의 부모가 한 지혜로운 의사와 상담한 이후에 꾸며진 가짜 천국이었던 것이지요.

일에 지쳐있는 사람들은 아무것도 안 하고 편하게 지낼 수 있는 이상향을 떠올리게 됩니다.

그러면 참으로 행복할 것 같은 생각을 하는 것이지요.

정년으로 퇴임한 분들의 이야기에 귀를 기울일 필요가 있습니다.

처음 6개월 동안은 출근을 안 해도 되니 너무 행복했는데 그 이후에는 출근할 곳이 없다는 것이 그리 불행할 수 없었다는 이야기지요.

퇴임한 분을 3~4년 후에 뵈면 생각보다 상당히 노화되어 있는 모습에 놀라기도 합니다.

일하는 행복을 상실한 이유가 큰 것이겠지요.

아무튼 일에 떠밀려 사는 사람들은 아무것도 하지 않고 지내는 사람보다 행복한 것은 틀림이 없어 보입니다.

공동의 선

스웨덴에서는 생수가 잘 팔리지 않습니다.
목이 마르면 공중화장실이나 공동 수돗가에서
수돗물을 틀어 마시는 시민이 대다수입니다.

그들은 내 건강을 지키기 위하여 개인적으로 물을 사 먹는 돈을 세금
으로 내고
그 세금으로 전체 수돗물을 깨끗하게 유지하는 방식을 택한 것이지요.
개인의 욕망 이전에 사회 공동의 선을 풀어내는
저들의 지혜가 참으로 감탄할 만합니다.

'우분투(UBUNTU)'라는 아프리카어를 아시나요?
'우리가 함께 있기에 내가 있다.'라는 의미입니다.
아프리카 부족을 연구하던 학자가 아이들 모아놓고 게임을 제안합니다.
싱싱할 딸기 한 바구니를 놓고 가장 먼저 바구니까지 뛰어간 아이에게
딸기를 모두 주겠노라고 한 것이지요.

아프리카 아이들은 약속이라도 한 듯이 서로의 손을 잡았습니다.
그리고 함께 바구니에 도착하여 둘러앉아 딸기를 맛있게 나누어 먹지요.

내 안의 씨앗

학자가 묻습니다.

"1등으로 가면 모든 딸기를 차지할 수 있는데 왜 같이 달렸느냐?"

"다른 아이들이 다 슬픈데 어떻게 나만 기분 좋을 수 있어요?"

아이들의 입에서 나온 이구동성의 대답이었습니다.

세상을 변화시키는 것은 커다란 운동이나 엄청난 세몰이나

떠들썩하고 요란한 사회운동이 아닙니다.

어찌 보면 10년이나 100년 앞을 내다보고 나무 한 그루 심는 것

물 부족 시대에 수도꼭지를 잘 잠그는 것

가까운 거리는 걸어서 이동하는 것

자연을 자연 그대로 바라보되 훼손하지 않는 것

이러한 작은 노력이 인류 공동의 선을 이룩할 수 있는 초석이 됩니다.

요즘의 시대만큼 인문학자들이 고통스러운 시대가 있을까요?

물질 만능주의가 득세하고, 이익을 위하여 진흙탕 싸움을 벌이며

곳곳에서 전쟁으로 대량 학살이 일어나고

인간을 도구화하는 전도된 사회상들이 나타나고 있으니 말입니다.

인간이 품을 수 있는 가장 아름다운 환상은 사랑입니다.

그리고 사랑은 공동의 선 위에서 기능할 때 진정으로 위대함이 됩니다.

꽃이 지고 나면 잎이 보입니다

꽃이 한창일 때는 잎을 기억하기가 쉽지 않습니다.

그러나 꽃이 지고 나면 잎이 보입니다.

사람도 마찬가지입니다.

옆에 있을 때는 그 존재가치를 알 알지 못하다가도

곁을 떠나고 나면 그 사람의 빈자리가 크게 느껴집니다.

그래서 "든 자리는 몰라도 난 자리는 표시가 난다"는 옛말이 있는지

도 모를 일입니다.

어쩌면 꽃은 누구나 주목받고 찬양받는 위치일 수 있습니다.

꽃의 화려함과 향기로움에 취해 잎을 볼 새가 없는 것이지요.

그러니 꽃이 져야 비로소 잎이 보입니다.

아무리 아름다운 꽃이라도 줄기와 잎의 도움이 없이는

피어날 수 없는데도 불구하고

온갖 혜택을 누리고 찬양받는 것은 꽃이고

묵묵히 그 자리를 지키되 잊힌 존재는 잎입니다.

우린 일부러라도 잎에 주목해야 할 필요가 있습니다.

내 안의 씨앗

꽃은 애쓰지 않아도 쉽게 주목받지만

잎은 그러지 못하기 때문이지요.

세상의 바탕을 이루고 디딤돌이 되고, 초석을 이루는 것은 잎이지 결코 꽃이 아닙니다.

스포트라이트를 받으며 화려하게 살아가는 사람들이 세상을 지탱하는 것이 아니라

아무도 알아주지 않아도 묵묵히 자기 일을 하는 민초들이 세상을 일구어갑니다.

그러니 잎에 주목해야 할 필요가 있는 것이지요.

1등만 기억하는 사회, 승자 독식의 사회라고 이야기하지만

그 승자를 떠받치고 있는 지극히 평범한 한 사람 한 사람이 중요합니다.

우린 모두 아무도 기억해 주지 않는 평범한 잎일는지 모릅니다.

하지만 위대함의 발로는 싱싱하고 싱그런 잎으로부터 출발한다는

평범한 진실을 헤아려볼 필요가 있습니다.

꽃이 지지 않더라도 잎을 볼 수 있었으면 좋겠습니다.

내 안의 씨앗

바람이 훑고 지나간 자리에 꽃이 피고
햇빛이 해살거리며 머물렀던 자리에 열매가 맺힙니다.
바람 한 줄기, 햇볕 한 자락이 의미 없는 게 아니었습니다.
세월은 그렇게 꽃을 피우고 열매를 익게 합니다.

뜨거운 염천에 햇살을 원망하여 그늘을 찾을 때도
사는 게 너무나 바빠 주변을 돌아볼 시간이 없을 때도
자연은 매일매일 성장의 축제를 벌이고
눈에 보이지 않지만 조금씩 조금씩 열매를 키워갑니다.

봄에 밭을 실하게 파서 단단한 씨앗을 묻어놓았을 뿐인데도
은혜로운 비와 살랑거리는 바람
따사로운 햇볕이 어느새 사람 키만큼 작물을 키워내고
달콤한 열매를 선물해 줍니다.

아무리 날씨가 좋고 적당히 비가 내리고, 땅이 비옥하다고 하더라도
자라는 주체는 씨앗입니다.
그러니 씨앗이 스스로 성장하지 않고는 결코 좋은 결과를 얻어낼 수

내 안의 씨앗

없습니다.

우린 결과를 예측할 수 없는 씨앗 하나를 가슴속에 간직하고 있습니다.
때를 잘 이용하고 갈고 닦으면 그것이 열매로 화려하게 열리게 될 날
이 오겠지요.
내 안의 씨앗을 잘 관리하고 키워야 할 이유입니다.

무식을 권장하는 사회

저는 가난한 농부의 막내아들로 태어나 그 흔한 라디오도 변변치 않고
전기도 들어오지 않는 시골에서 자연과 벗 삼아 유년을 보냈습니다.

중학교는 버스 타고 도회지로 다녔습니다.
저의 인식 외에 넓은 세상이 존재한다는 것은 놀람 이상이었습니다.
그때 제가 다니던 중학교는 춘천에서 유일하게 개가식 도서관을 운영
하고 있었고 책의 종류도 비교적 풍부하였습니다.

방과 후에 보고 싶은 책을 맘대로 꺼내 볼 수 있다는 것이
큰 행복이었던 것으로 기억합니다.
어쩌면 지금의 저를 키워준 것은 고향의 자연과
청소년기 독서의 힘이 아니었나 싶습니다.

아이들 시험 감독을 합니다.
안타깝게도 아이들은 시험문제 단어의 뜻을 몰라 문제를 이해하지
못하는 경우가 많습니다.
단어를 해석해 주면서 무식한 아이들의 어휘력에 놀라고
그들의 빈약한 사고력에 놀랍니다.

제가 고등학교 시절엔 책가방에 국어사전, 옥편, 영어사전이 꼭 들어 있었는데 요즘은 만화책이나 화장품이 그 자리를 대체하고 있습니다.
학교에서는 독서교육을 외치고 권장하고 있지만
수능에 도움되지 않는 독서는 외면당하기 일쑤이고
가슴 절절히 읽어야 하는 고전은 줄거리 몇 줄로 머릿속에 정리됩니다.
문제는 이들이 고전 원문을 읽었다고 착각하는 데 더 심각성이 있습니다.

참으로 좋은 책들이 주변에 널려있는데도
아이들은 자극적이거나 엽기적인 내용에 함몰되고
취업이나 시험에 도움이 되는 책에만 관심을 보입니다.

심지어 자기 주도적 학습 시간에 책을 읽고 있으면
나중에 읽으라고, 수능 문제 한 문제 더 풀라고 책을 덮게 하는 교사 도 존재합니다.

인문학이 실종되면 희망의 빛도 함께 실종될 수 있습니다.
사고력과 창의력, 창조적 비판 능력은 독서를 통해서 깊어지는 것입니다.
당장 코앞만 보고 독서의 편식을 강요하는 사회
즉 무식을 권장하는 사회가 안타깝습니다.

OECD 국가 중 평균 독서량이 최하위라는 비교 분석을 논외로 하더라도
국민 모두의 행복을 위하여
깊은 통찰력과 이해심을 기르기 위한 독서가 꼭 필요한 것인데 말입니다.

시각의 장기화

중국인들은 돈에 따라 움직이고
일본인들은 물건에 따라 움직인다는 말이 있습니다.

일본에 갔을 때 들은 이야기입니다.
가업을 잇는데 3대째 내려오는 가업은 너무 흔한 일이었고
심지어 200년 된 기업도 명함을 내밀지 못했습니다.
400~500년 가업을 이어온 기업들이 너무 많았기 때문이지요.

중국인들은 농기구를 만들어 팔다가도 다른 것이 이득이 더 남을 것 같으면
바로 직종을 바꿉니다.
돈에 따른 처세를 하고 있기 때문이지요.

하지만 일본인들은 내 농기구가 잘 팔리지 않으면
더 좋은 농기구를 만들어 시장에 내어놓으려고 노력하지요.
이 상반된 문화가 중국에는 금융업을, 일본에는 제조업을 발달시킨
원동력이 됩니다.

그럼 우리나라는 어떨까요?

제 생각에는 일본보다는 중국 쪽에 더 가깝지 않나 싶습니다.

심지어는 천직(天職)이라는 낱말이 사라져 갑니다.

한번 들어간 직장에서 뼈를 묻을 각오로 일하는 젊은이들이 점점 줄어들고 있습니다.

미래학자들은 요즘 청소년들이 사회생활을 하면 정년 때까지 적어도 10개 이상의 직업을 전전한다고 예상합니다.

어쩌면 진득함과 진중함, 오랜 세월 속에서 빛날 수 있는 명품의 진수를 앞으로 만날 기회가 점점 없어질는지도 모릅니다.

이러한 갈아타기와 옮겨 다니기, 직업 바꾸기 문화는
경제적인 측면에도 영향이 있지만
정신 문화적 측면에 훨씬 더 강한 자취를 남깁니다.
오랜 세월 깊이 있는 사고로 채워져야 할 것들이
너무 가볍게 취급되고 있는 것이 문제이지요.

단기화는 사회 발달과정에서 도래하는
어쩔 수 없는 현상이라고 하더라도
좀 더 깊이 있는 사고와 멀리 보는 안목을 갖고 살았으면 좋겠습니다.

3억분의 1

배부를 구피를 작은 어항에 분리하여 놓으니
이틀 만에 그 조그만 몸에서 무려 24마리나 되는 새끼를 낳았습니다.
작은 눈동자가 점으로 박혀있는 것이 여간 앙증맞지 않습니다.
자연의 번식력은 놀라움과 경이로움 자체입니다.

짜지 않은 명란젓은 여름철 입맛을 돋우어 줍니다.
한 마리의 명태에서 저리 많은 알을 낳는다는 것이 믿기지 않을 정도
이지요.
명태 대부분은 한 번에 50~100만 개의 알을 낳습니다.
만약 이 알들이 대부분 부화해서 잡아먹히지 않고
온전하게 성장한다면
머지않아 모든 바다가 명태로 발 디딜 틈이 없을 것입니다.
하지만 먹이사슬 속에서 성체가 되는 것은
대체로 10마리 안팎이라고 합니다.

개복치라는 물고기가 있습니다.
이 물고기는 알을 무려 1억 개에서 1억 5천 개를 낳습니다.
그렇게 많은 알을 뿌려 놓아도 성체로 자라는 것은 6~7마리 정도 된

내 안의 씨앗

다고 합니다.

생존경쟁이라는 말이 무색할 정도로 생존의 처절함이지요.

대부분 연약한 동물들이 알이나 새끼를 많이 낳는 경향을 보입니다.

물고기는 알을 낳고 돌봄 없이 방치(?)하기 때문에 더 많은 알이 요구되는지도 모를 일입니다.

이러한 생존경쟁은 비단 동물에게만 존재하는 것이 아닙니다.

어쩌면 인간은 개복치보다도 더 심한 경쟁을 통해 세상에 태어나니까요.

성인 남성이 성교를 통하여 한 번에 사출하는 정자의 수는 어림잡아 3억 마리라고 합니다.

그러니 누구든 3억분의 1이라는 매우 극심한 경쟁력을 뚫고 세상에 태어난 참으로 귀한 존재입니다.

오늘이 힘들다면 이 3억의 숫자를 생각해 볼 필요가 있습니다.

아무리 하찮은 사람이라고 하더라도 이 경쟁을 뚫고 태어나지 않은 사람은 없으니까요.

숫자 이면의 고귀함을 절실함으로 느낄 수 있어야 합니다.

가치의 기준

북반구에 있는 우리나라는
지능화된 아파트에, 혁신적인 스마트 기기의 보급
각종 문명의 이기로 보다 풍요롭고 여유로운 생활을 합니다.

같은 시각 아프리카 어느 종족은
오늘도 활과 창 등 변변치 못한 도구를 들고 수렵에 나섭니다.
같은 지구상에 거주하면서도 이렇게 삶의 방식이 다른 것은
문명을 만들어 낸 조상을 가질 수 있었느냐의 차이이지
개별 능력이나 지능의 차이는 아닙니다.

우린 수렵과 채집으로 살아가는 원주민들을
미개하거나 지능이 낮다고 치부하고
내가 누리는 문명의 우월성에 빠져 상대방을 업신여깁니다.

실제 지능을 검사해 보니 그들이 현저하게 낮았다는 결과를 보고한
인류학자도 있지요.
그들의 지능은 그들의 삶의 방식을 통하여 측정되어야 함에도
이미 문명화된 그룹의 척도와 판단으로 그들의 지능을 재는 것은

내 안의 씨앗

큰 의미가 있어 보이지 않습니다.

저들도 같은 교육의 기회와 문명 속에 놓여있었다면
개개인이 우수한 능력을 발휘할 가능성이 큰 것인데 말입니다.
이렇듯 우리가 가진 절대적이라고 믿는 척도라는 것이
그리 훌륭한 것이 못 됩니다.
어쩌면 자유롭고 객관적이고 유연한 사고를
객관화된 지표로 나타냈다고 하는 숫자들이 가로막고 있는지도 모를
일이지요.

부유하고, 잘생기고, 남들이 알아주는 엘리트 코스를 밟으며
사회에 진출한 친구와 오랜 시간 동안 대화를 나누기는 여간 어려운
일이 아닙니다.
스스로 엘리트 의식에 빠져 자기주장에 쉽게 함몰되고 남의 들어올
여지는 남기지 않기 때문입니다.

우리가 사는 삶의 멋스러움은 아파트 평수나 대학의 학위에 있지 아
니하고
함께하는 모습 속에 있다는 것을 생각합니다.
문명인의 한 사람으로 자신의 영역에 함몰되어 남을 이해하지 못하는
편벽한 부족민이 되는 것을 경계하면서….

공지천 커피

사람의 뇌리에는 늘 추억이 잠들어 있습니다.
춘천에 가면 추억처럼 아스라한 연인들의 거리가 있습니다.
물고기 이름에서 유래한 공지천이 그곳이지요.

춘천의 매캐한 물안개가 시작되는 곳이기도 하고
누군가의 사랑이 강물처럼 흐르는 곳이기도 하고
공포(공지천 포장마차)에서 소주 한잔에 인생의 쓴맛을 풀어내는 곳이
기도 하고
젊음의 낭만이 혈관을 타고 흐르는 곳이기도 합니다.

이곳이 연인들의 명소가 된 것엔 이유가 있습니다.
바로 에티오피아 탑이 그곳에 세워져 있고
그 아래 에티오피아 집이 있기 때문입니다.

6·25의 아픔을 함께 나눈 동지 국가로서의 의미가 탑에 새겨져 있고
에티오피아 황실에서는 자국의 원산 커피를 무상으로 제공해 주었습
니다.
그 명품 커피 덕에 커피 마니아들과

233

낭만을 쌓으려는 청춘남녀들이 춘천의 공지천으로 몰려들게 되었고
그것이 명소로 거듭나는 계기가 된 것이지요.

중간에 에티오피아가 공산권으로 기울면서 위기를 맞기도 했고
공지천도 무관심 속에서 날로 오염되어
낭만을 찾을 수 없고 악취가 풍기는 곳이 되기도 했습니다.
그러나 지금은 매립 및 정화시설을 통하여 깨끗한 옛날의 명성을 찾
아가고 있고
에티오피아의 전설도 부활하고 있습니다.

에티오피아 원산 커피 맛을 보고 싶다면 공지천으로 오세요.
그리고 에티오피아집 2층으로 발걸음을 옮기면 됩니다.
그곳에 500원짜리 자판기가 있거든요.
아주 저렴한 가격에 에티오피아 원산 커피 맛을 볼 수 있답니다.

아울러 공지천만이 가진 젊음과 낭만을 덤으로 느낄 수 있으니
일거양득이지요.

호 칭

화천 누이의 집

여름 화단엔 이름 모를 꽃들이 만발합니다.

이른 아침 이슬 머금고 청초하게 피어있는 꽃을 보면서

'이 꽃 이름이 뭐지?' 하는 원초적 호기심이 발동합니다.

누나는 "예쁜 꽃"이라고만 대답하지요.

어쩌면 모든 것은 사람의 생각 속에서 만들어지는 것임을

가장 정확하게 표현한 대답일는지 모릅니다.

피어있는 꽃이 하도 예뻐서 식물도감이나 백과사전을 뒤적여 봐도

이름을 명확하게 알아내기는 쉬운 일이 아닙니다.

비슷비슷하게 생긴 것들이 너무 많기 때문이지요.

모든 식물에는 이름이 있습니다.

시인 김춘수는 노래합니다.

"내가 그의 이름을 불러주기 전에는 그는 다만 하나의 몸짓에 지나지

않았다."

　이름을 불러주는 것의 소중함을 이야기하고 있는 것이지요.

내 안의 씨앗

모든 사람에게도 이름이 있습니다.

엊그제 문상을 하면서 오랜만에 지인을 만났습니다.

문제는 몹쓸 기억력 때문에 상대방의 이름이 기억나지 않는 위태로운 상황이 전개된 것이지요.

누군가가 나를 어떻게 불러주느냐 하는 것은 매우 중요한 일입니다.

이름이 미래지향적 가능성을 내포한 호칭이라면

현재 자신을 적나라하게 보여주는 것은 별명입니다.

별명은 풍자 속에 비꼬아진 모습으로 존재할 가능성이 큽니다.

그래서 별명이 불리는 것은 그리 유쾌하지 않을 수도 있지요.

옛사람은 이름을 소중히 여기는 존명사상(尊名思想) 때문에

사람의 이름을 마구 부르지 않았습니다.

본인이 불리기를 원하는 것을 자(字)로 만들어 부르기도 했지요.

어찌 되었든 불리는 호칭이 중요합니다.

이름 뒤에 붙이는 호칭에는 그 사람 삶의 모습이 담겨 있지요.

선생, 여사, 옹, 영감 등등의 호칭 속에는 개인의 역사 속에 들어있는 위대함이 있으니까요.

살아가는 방법

세상을 잘 살아가는 가장 현명한 방법의 하나는
사람의 마음을 다치게 하지 않는 것입니다.

몸이 불편하여 장애인으로 살아가더라도 마음이 건강하여
행복한 삶을 영위하는 사람도 있고
신체 건강한 사람이라도 마음의 병이 깊어
불행한 삶을 살아가는 예도 있습니다.

우리의 삶은 수많은 사람과의 만남으로 이루어집니다.
그중에는 행복을 만들어주는 전도사 역할을 하는 사람도 있고
불행과 짜증의 아이콘 역할을 하는 사람도 있습니다.

우린 삶이 일회성이라는 것을 잘 알고 있습니다.
하지만 그에 걸맞게 살아가야 한다는 것은 종종 잊고 살 때가 많습니다.

우리네 삶은 일회성이기도 하지만
정답이 제시된 선택지도 존재하지 않고
확실한 방향성을 제시하는 지도도 없습니다.

내 안의 씨앗

오로지 순간의 판단에 의한 선택이 삶의 바탕을 이루고 있지요.

"우보천리(牛步千里)"라는 말씀이 있습니다.

소처럼 천천히 걸어가도 천 리를 갈 수 있다는 말씀이지요.

빠름을 추구하는 세상에서 여유를 갖는다는 것은 쉬운 일이 아닐 수도 있을 겁니다.

가을의 초입에서

길가에 한 무더기 코스모스가 피어있다고 하더라도

시속 100킬로로 달리는 운전자에게는 한 점의 붉은 색에 지나지 않지만

천천히 걸으며 들여다볼 수 있는 보행자에게는

가을의 의미이고 코스모스라는 꽃의 의미처럼 우주의 기운을 느낄 수도 있는 것입니다.

세상은 느끼고 담는 대로 되고 담기는 속성이 있으니까요.

어차피 한 번 머물고 가는 세상

좀 더 여유로움을 가지면 행복에 가까워지지 않을까 하는 생각을 해봅니다.

바보 빅터

Mensa를 아시나요?
국제적으로 가장 크고 오래된 고지능자의 모임이지요.
IQ 150 이상으로 천재에 가까운 사람들이 가입할 수 있습니다.

그런 멘사 회장을 지낸 사람 중 빅터가 있습니다.
빅터는 원래 IQ가 173이었는데 담임은 실수로 73으로 기록합니다.
유난히 수줍음이 많고 말을 더듬었던 빅터는
IQ 73이 나오자 동료 아이들로부터 놀림감이 되었고
바보 빅터로 불리게 됩니다.

그도 스스로 바보라고 여겨 학교를 중도에서 포기하고
온갖 허드렛일을 하며 진짜 바보로 17년을 살았습니다.
자기 능력보다 타인의 판단과 견해에 함몰되어
진정한 자신을 돌보지 못한 결과이지요.

체면 문화가 발달한 우리나라는 주관적인 자아보다도
남에게 보이는 자아가 훨씬 더 중요하게 취급되어 온 것도 사실입니다.
삶의 문제에 직면했을 때 남의 시각과 눈이 아니라

내 안의 씨앗

자신의 시각과 기준으로 자신을 정직하게 평가해 봐야 합니다.
그것이 스스로 믿음의 발로가 되고 성공하는 인생의 출발점이 됩니다.

자신을 믿을 때 힘이 생깁니다.
인간은 스스로 믿는 대로 되는 것이니까요.

이 세상엔 완벽하게 준비된 인간이란 존재하지 않습니다.
또한 자신을 위한 완벽한 환경 또한 존재하지 않지요.
다만 존재하는 것은 가능성뿐입니다.
그 가능성은 저변에 자신에 대한 무한신뢰가 자리 잡을 때 가능하다
는 것을
바보 멘사 회장 이야기를 들으며 깨닫습니다.

인간의 조건

물 43.6kg, 탄소 10.8kg, 질소 2.4kg, 칼슘 1.2kg, 인 1.1kg
칼륨 600g, 나트륨 300g, 염소 24g
그리고 큰 숟가락 하나 분량의 마그네슘, 아연, 망간, 구리, 요오드,
니켈, 브롬, 불소, 규소,
소량의 코발트, 알루미늄, 몰리브덴, 바나듐, 납, 주석, 티탄, 붕소….

이것을 제공하면서 60kg의 건장한 사람을 만들어 내라고 주문하면
아무리 과학이 발달하고 DNA 염기 서열이 속속들이 해독된 선진시
대라고 하더라도
사람의 생명을 만들어 낼 수 있는 사람은 없습니다.

분명히 60kg의 인체에서 분리해 낼 수 있는 물질들이지만
이것을 역으로 유기적 화학적 구조물 속에서 숨 쉬고 활동하는 생명
을 만들어 내는 것은 불가능한 일이지요.

「쥐라기 공원」, 화석에서 DNA를 추출하여 공룡을 되살려 놓았지만
그것은 영화 속 상상으로만 가능한 일이지요.

내 안의 씨앗

인간은 살아가면서 무수한 생명들의 죽음을 통한 먹거리 확보와
지나친 환경 개발로 의도하지 않은 뭇 생명들의 희생을 딛고 살아갑니다.
하지만 인간 스스로 작은 생명체를 하나라도 창조해 낼 수 있는 능력은 없습니다.
생명이란 하늘에서 내려주신 가장 고귀한 물질의 정수인 셈이니까요.

삶 속에서 죽음으로 진행하는 것은 자연스러운 발로일 수 있지만
죽음에서 삶으로의 진행은 불가능한 비가역성을 띠고 있다는 것을
알아야 합니다.
우린 윗 문장에서 나열한 원소들을 모두 몸속에 품고 있습니다.
하지만 단순히 그 물질을 혼합해 놓은 화합물은 아닙니다.

"천생아재필유용(天生我材必有用)"이라는 말씀이 있습니다.
하늘이 나에게 재주를 내려준 것은 반드시 쓸모가 있기 때문이라는
말씀이지요.
그러니 권력의 정점에 있어 고귀한 대접을 받는 사람이든
지하철역을 전전하며 남의 멸시와 손가락질을 받는 사람이든
내부에 큰 우주를 품고 있지 않은 사람은 없습니다.

부처님의 "天上天下唯我独尊"이라는 말을 빌리지 않더라도
세상에서 가장 고귀하고 유일한 생명체는 바로 당신입니다.

약점을 강점으로

여름에 귀찮은 불청객 중의 하나는 모기입니다.
관사에서 자려고 불을 끄고 누웠는데
왱하는 소리가 귓가에 공포로 들리고
불을 켜면 어디로 숨었는지…. 밤새워 숨바꼭질하다가
모기 회식을 시켜주고 전쟁 후에 남은 흔적에 괴로워한 적이 있습니다.

인류의 진화는 가장 적합한 형태로의 방향성을 유지하는 것이 바람
직한데
왜 갑각류처럼 뼈대가 가죽에 있지 아니하고
몸 안에 뼈가 있는지 다소 엉뚱한 불만이 생깁니다.

만약 뼈대가 가죽에 존재한다면
약한 살이 밖으로 노출되어 수없이 상처가 생기는 위험을 감수하지
않아도 되고
혈관 및 근육조직이 외부의 위험으로부터 효과적인 방어를 할 수 있
었을 텐데 말입니다.

모기만 해도 그렇습니다.

내 안의 씨앗

뼈대가 가죽에 있었다면
성가신 모기의 공격에 무덤덤할 수도 있을 것인데 말입니다.

어쩌면 우린 이 치명적인 약점 때문에 행동에 좀 더 조심성을 가지고
근육을 단단하게 만드는 근섬유의 저항력을 키워왔는지도 모를 일이
지요.
중요한 것은 단점을 장점으로 승화시키기 위한 노력이지요.
서울이 휴전선으로부터 40킬로밖에 떨어져 있지 않은 치명적 약점이
방위력을 더욱 공고하게 하는 계기가 되기도 하고,
신체 일부분이 불편할 경우 다른 쪽에 발전을 가져오기도 합니다.

세상에 똑똑한 사람은 들판의 봄꽃처럼 지천입니다.
그러나 우린 절대 완전무결할 수 없기에 한두 개의 약점을 갖고 있으며
이 약점이 오히려 인간관계의 친근함을 만들어줍니다.

하지만 우린 약점을 강점으로 승화시킬 필요가 있습니다.
땅속에 무진장의 금광이 있듯이 사람의 정신 속에도 파면 팔수록 빛
나는 재능이 있습니다.
단지 그 재능을 끄집어내고자 하는 노력이 필요한 것뿐이지요.

약자 배려하기

아메리카 인디언은 제정일치의 사회이기도 했지만
농사나 수렵 생활을 하더라도 별도의 군대를 양성하는 제도가 없었
습니다.
그냥 부족원이 농사꾼이기도 했고, 사냥꾼이기도 했으며
전쟁 때는 용감한 전사이기도 했습니다.

그들 부족 간에 이해관계로 인하여 전쟁이 심심치 않게 발생했는데
전쟁은 인디언의 용기를 보여주는 좋은 계기가 되기도 하였습니다.
그들의 전쟁은 휴머니티에 기반하고 있어서
(물론 그들은 휴머니티라는 말을 알지 못합니다.
그저 사람이든 동물이든 목숨이 붙어있는 것을 소중히 여겨
해치지 않는 것을 가치 있게 여겼던 것이지요.)
상대방이 상처를 입어 피를 흘리게 되면 더 이상 공격을 하지 않습니다.
전쟁에서 사망자가 발생하는 일은 좀처럼 일어나기 힘든 일이지요.

그 평화로운 마을에 백인들이 월등한 화력을 앞세워 쳐들어옵니다.
그들은 남녀노소를 불문하고 큰 이유도 없이
인디언들을 대규모로 살육하기 시작했습니다.

내 안의 씨앗

인디언들이 느낀 두려움과 놀람은 이루 말할 수 없었고
인명을 마구 살상하는 그들의 행위를 결코 이해할 수도, 용서할 수도
없었습니다.

아메리칸들은 욕망을 문명이라는 이름으로 포장하여
어마어마한 범죄를 저지르고도 힘의 우위라는 이유 하나만으로
살육행위를 정당화하고, 반성하거나 속죄하는 마음이 없습니다.

사회적 약자는 배려 없이는 잊히거나 소외되거나 불이익을 당할 수밖
에 없습니다.
스웨덴의 선진화된 교육 이면에는
앞서가는 학생들의 선행학습에 관심이 있는 것이 아니라
뒤처지는 학생을 배려하고 보충학습을 통하여 함께 가는 기회균등의
사회를 만드는 노력이 있습니다.

개구리가 되면 올챙이 시절의 회상이 부끄러울 수도 있을 것입니다.
하지만 나이가 들어가고 위치가 올라가고 권력이 주어질수록
약자에 대한 배려가 필요합니다.
그것이 인생의 품격을 높이고 멋진 사람이 되는 초석이기 때문입니다.

인디언의 곰 잡기

아메리카 인디언들은 곰을 잡을 때 덫을 놓습니다.
그 덫이라는 것이 아주 단순한 형태로 제작된 것이 특징이지요.
덫은 커다란 돌에 곰이 좋아하는 꿀을 바르고
나뭇가지에 밧줄로 매달아 놓은 것으로 완성됩니다.

맛난 꿀을 발견한 곰은 돌을 잡으려고 합니다.
그러면 돌이 진자운동을 시작하게 되지요.
밀렸던 돌이 돌아오면서 곰을 때리게 됩니다.
화난 곰은 돌을 더욱 센 힘으로 밀치게 되고
그 결과는 더 큰 힘으로 돌아와 곰에게 타격을 주게 됩니다.

꿀을 얻고자 하는 욕망을 잠시 중단하고
사태를 조용히 파악할 수 있다면
소중한 생명을 지킬 수 있을 텐데
곰은 욕망에 눈이 어두워 더욱더 깊은 늪에 빠져 결국 허무하게 생을
마감하게 됩니다.

이 글을 곰을 잡는 방법을 알리는 데 있지 않습니다.

내 안의 씨앗

지나친 욕망의 위험성을 인식하고 멈출 수 있을 때 멈춰야 하는 혜안이 중요함을 이야기하고 있는 것이지요.

자신이 사회적 힘이 있는 자리에 있다면
견리사의(見利思義)의 의미를 잘 파악할 필요가 있습니다.
즉 '이익을 보면 의로움을 생각하라'는 것이지요.
불의로 재물을 취득하는 것만 하지 않으면 존경과 덕망은 자동으로 따라옵니다.

많은 사람이 의를 저버리고 이득에 함몰되어 부당이득을 취하다가
권세와 지위를 잃고 종국에는 법의 심판대에 오르는 것이지요.

꿀을 생각하고 돌을 밀어내는 곰의 어리석음을 비웃을 줄은 알면서도
자신이 그러한 딜레마에 빠질 수 있다는 것을 인지하지 못하는 것이 인간입니다.
손이 안으로 굽는 것이야 어쩔 수 없어 논외로 하더라도
좀 더 객관적인 시각으로 자신을 바라볼 수 있었으면 하는 생각이 듭니다.

A4 규격 소고

우리나라 문서관리 시행세칙에는 공문서 규격을 A4로 규정하고 있습니다.

그 크기는 가로 210mm, 세로 297mm로 되어있습니다.

왜 세로가 300mm가 아니고 외우기 힘든 297mm로 했을까? 의문이 들었습니다.

이 규격을 거슬러 올라가면 레오나르도 다빈치와 만나게 됩니다.

그는 210*297이 종이를 반으로 접으면 길이가 정확히 너비로 전환되며

여러 번 반복해도 이 비율이 변화하지 않는 수라는 것을 발견했던 것이지요.

우리가 보는 책은 대부분 16장씩 인쇄됩니다.

책을 내면 32페이지 별로 인쇄 비용이 발생하는 이유이기도 하지요.

이럴 때 반드시 절단의 과정이 들어가는데 이 규격화가 버려지는 종이를 적게 만들어

비용의 발생을 최소화합니다.

참이슬이나 처음처럼의 소주병이 동일한 색상에 동일한 크기이고

내 안의 씨앗

OB라거나 Hite 맥주병 또한 동일한 색상에 동일한 크기입니다.
병을 규격화함으로써 재활용 비율을 높일 수 있고
이는 자원절약 및 이산화탄소의 발생비율을 줄여
좀 더 쾌적한 지구를 만드는 데 도움이 됩니다.

표준이란 인류가 문명을 형성해 나가면서 사람 사이의 편의와
효율성을 도모하고 공정성과 안전을 확보하기 위해 정한
상호 약속입니다.

그 장점으로는 생산 공정의 혁신을 통한 규모의 경제가 가능하고
생산 비용을 감소시키고 학습 비용을 줄일 수 있습니다.
하지만 제품의 다양성을 담보할 수 없다는 것이 단점이지요.

제품은 표준화된 규격품이 좋고 사람은 다양성이 내재된 것이 좋습
니다.

상대방 되어보기

'너 멜론을 안 좋아하니?'라고 상대방에게 물었을 때 동양인과 서양
인은 같은 대답을 하더라도
결과를 다르게 인식합니다.
동양인이 '예'라고 대답하면 멜론을 좋아하지 않는 것이고
서양인이 '예'라고 대답하면 멜론을 좋아한다는 의미가 됩니다.

동양은 상대방을 중심으로 생각하기 때문에 부정적 질문에 응당 예
라고 대답하는 것이고
서양은 나를 중심으로 생각하기 때문에
내가 좋아하면 예스, 내가 싫어하면 노라고 대답하는 것입니다.
외국 여행을 하다 보면 문화적 차이로 오해가 생기는 원천적인 이유
이지요.

개와 고양이의 사이를 한자로 "견원지간(犬猿之間)"이라고 표현합니다.
하지만 견원지간은 개와 원숭이 사이가 맞습니다.
개와 고양이 사이라면 '견묘지간(犬猫之間)'이라고 해야 옳은 표현이지요.

개는 기분이 좋으면 귀를 쫑긋 세우고 꼬리를 치켜세워 흔들어댑니다.

251

고양이는 매우 화가 나거나 위험 상황에 노출되면 꼬리를 치켜세웁니다.

그러니 개가 꼬리가 올라간 고양이를 기분이 좋은 상태라고 인식하여 함부로 다가간다면 얼굴을 할큄 당하기 쉽습니다.

행동양식의 차이가 오해를 불러오니 관계가 좋아지기는 쉬운 일이 아닙니다.

남자와 여자도 생물학적으로 다름이 존재하지만, 심리적 차이도 큽니다.

일단 남자들은 '어디를 가느냐?'보다 '누구와 있느냐'가 중요합니다.

하지만 여자들은 '누구와 있느냐'도 중요하지만 '어디서 무얼 하느냐'를 더 중요하게 생각합니다.

이 다름을 이해하지 못하고 자기중심적으로 사고하게 되면 트러블의 원인이 됩니다.

중요한 것은 이해의 차원이 아니라 관점의 차이입니다.

보는 시점을 같이한다면 상대방을 보다 잘 이해할 수 있기 때문입니다.

유치원 아이들을 미술관으로 데려간 교사가

아이들 눈높이를 맞추고자 앉은걸음으로 작품을 대하며 설명해 주는 모습을 보면

그리 감동적일 수가 없습니다.

어찌 되었든 보이는 눈높이도 중요하지만

생활 속에서 보이지 않는 눈높이를 맞추며 배려를 실천하는 것이

훨씬 더 중요하다고 생각합니다.

의자! 권위의 상징인가 베풂의 미학인가?

의자는 권력의 상징입니다. 왕이 앉는 의자는 특별히 '용상(龍床)'이라고 부릅니다. 왕이 부재중이나 출타 중이라고 하더라도 신하가 함부로 왕의 자리에 앉을 수는 없었습니다. 만약 그리했다면 대역 죄인으로 목이 성하게 붙어있지 못했을 것이니까요. '왕좌(王座)'라는 말씀도 왕의 의자를 뜻하는 말입니다. 왕좌는 필요 이상으로 크게 제작됩니다. 이는 실용성보다 권력의 상징으로의 의미가 더 강하다는 걸 말해 줍니다. 역사란 어쩌면 의자를 차지하기 위한 싸움이자 노력인지도 모릅니다.

회식을 합니다. 체면 문화와 서열문화가 발달한 우리나라에서는 어디에 앉느냐 하는 것이 매우 중요합니다. 여러 명의 권력자가 행사에 참여할 때 아무 자리나 편히 앉아서 관람하면 그만인 것을 자리의 순서에 연연하여 불편한 심기를 드러내기도 합니다. 그러니 의자를 배열하고 좌석을 배치하는 사람의 고민은 깊어져 갈 수밖에 없습니다. 그래서 권위주의를 탈피하고자 하는 CEO는 사무실에 원탁을 배치합니다. 원탁이란 시작과 끝이 정해져 있지 않으니 나름 평등을 의미하고 있으니까요. 그러나 자세히 보면 원탁도 정면 잘 보이는 곳이 최고 권력자의 차지라고 하는 것에는 별반 차이가 없는 것이 우리 사회의 현실입니다. 그러니 의자란 단순히 엉덩이를 내려놓고 앉아 쉬는 용도에 국한되지 않는 것이 사실입니다. 결국 의자는 권력과 권위의 상징인 셈이지요.

그러나 베풂의 미학을 이야기하기도 합니다. 『아낌없이 주는 나무(쉘 실버스타인 作)』에서 마지막을 장식하는 것은 의자입니다. 모든 것을 내어주고 송두리째 베어져 그루터기만 남은 사과나무는 이미 늙어 힘없고 지친 소년에게 자기 위에 앉아 쉬라고 마지막 모든 것을 내어줍니다. 노인은 지팡이를 놓고 그루터기에 편안하게 앉아 쉬는 장면으로 이 이야기는 막을 내립니다.

이 글은 수미상응 형태를 띠고 있습니다. 어렸을 때 아무 걱정 없이 사과나무에 매달려 그네도 타고 숨바꼭질도 하는 등 욕심 없이 소박하게 살았던 소년의 모습과 거친 욕망의 시기를 지나 이젠 더 이상 아무 것도 필요하지 않은 그저 쉴만한 공간이 필요한 노인의 모습은 무욕(無慾)이라는 면에서 닮아있기 때문입니다. 어쩌면 이 책에서 주장하고 싶은 것은 아낌없이 주는 나무에 대한 예찬이 아니라 인간의 끊임없는 욕심에 대한 경계인지도 모릅니다. 그리고 누구나 가야 할 인생의 황혼 녘 이제 볼품없이 늙어있는 노인을 위하여 앉아 쉴 수 있는 쉼을 보장해 줌으로써 모든 것을 내어주는 베풂의 철학을 완성합니다.

여행을 갑니다. 새롭게 보이는 산과 들, 강과 하천, 나무와 꽃들…. 이런 것들이 경이로운 세상을 열어줍니다. 한적한 시골 마을 어귀에는 아름드리 느티나무가 존재하고, 그 아래는 평상이나 의자가 놓여있습니다. 세월의 흐름에 따라 칠이 벗겨지고 군데군데 파여 나간 흔적은 있을지라도 여행객의 몸을 의지하고 쉬기에는 그만한 공간이 없습니다.

아무런 보상을 바라지 않고 남에게 쉴만한 곳을 내어주는 의자는 어찌 보면 아낌없이 베푸는 성자의 모습을 닮았습니다.

전형적인 산촌 마을에서 태어나 내 소유의 의자를 처음으로 갖게 된 것은 초등학교 2학년 때의 일입니다. 그때는 어느 집이나 의자가 없었습니다. 방바닥이나 마루에 엉덩이를 붙이고 앉는 것이 일상이었고, 호마이카 칠이 반쯤 벗겨진 밥상을 펼쳐놓으면 그것이 책상으로 기능했었으니까요. 춘천댐 아래 한국전력 직원 중에 우리와 친하게 지내던 김목수라는 사람이 있었습니다. 지금은 이름도 기억하지 못하지만, 우리 집과는 꽤 친하게 지냈습니다. 그분은 목재와 대패, 망치만 있으면 못만드는 것이 없었습니다. 우리 3남매가 책상 없이 공부하는 것을 본 그분은 손수 책상과 의자를 만들어 우리에게 선물하였습니다. 매일 배 깔고 책 보던 우리에게 책상이 생긴 것이지요. 그 좁은 책상을 서로 쓰겠다고 색연필로 금을 그어 사용하기도 했습니다. 그때는 원목이니 엔틱이니 하는 고급스러운 낱말을 알 수 없었던 시기였습니다. 그저 나왕이라는 나무를 켜서 책상과 의자를 짜 맞추고 사포로 잘 문지른 다음에 니스 칠을 한 것이 전부인 책걸상은 단순하기 그지없는 것이었습니다.

그 책상과 의자는 얼마나 튼튼하던지 여기저기 흠집이 생기고 칠이 벗겨지고, 모서리가 떨어져 나가도 삐걱대거나 틀어짐 없이 든든하게 우리 곁을 지켜주었습니다. 어쩌면 나의 학창 시절을 지켜주고 대학을 졸업하기까지 온갖 지식의 창구였던 것이 그 책걸상이 아닌가 합니다. 막내인 내가 출가하고 나서도 신접살림에 보물 1호로 책걸상이 실려있었으니 말입니다. 그 책걸상은 그 후에도 새로 페인트칠을 해서 10여

내 안의 씨앗

년을 더 쓰다가 수명을 다했습니다. 처음 접한 의자를 거의 40년을 쓴 것이지요. 고급스럽거나 화려해서가 아니라 아주 수더분하고 촌스럽기까지 한 의자였지만 어릴 적부터 사용하던 물건이라 정이 듬뿍 들었나 봅니다. 빛이 번쩍거리기는 하지만 새로 산 구두가 뒤꿈치를 뭅니다. 겉은 볼품없어 보여도 오래 신은 구두는 뒷굽이 닳았어도 발이 편하긴 그만입니다. 손에, 몸에 익는다는 것, 익숙해진다는 것의 멋스러움이겠지요.

나에게 주어진 첫 의자는 그렇게 보냈지만, 그 의미는 권력보다는 베풂에 더 가까운 것 같습니다. 고물(古物)이란 헐거나 낡은 물건으로 쓸모없는 것을 의미하기도 하지만 아주 오래된 물건을 의미하기도 합니다. 오래됨을 기준으로 생각하면 세월이 흐른 만큼 물건에 정이 가고, 추억도 함께 서려있는 것이지요. 옛날 의자가 그리운 것은 새로 장만한 의자가 옛날 것만 못해서가 아니라 그 속에는 실버스타인의 의자처럼 나를 키워준 의미가 함께 들어있기 때문일 겁니다.

삶의 정화와 시들음

성명학자들은 이름을 보름이나 노을로 짓는 것을 꺼립니다.

그 이유는 미래가 쇠퇴의 길로 접어들 수밖에 없음을 인지하고 있기 때문입니다.

식물의 가장 정수는 꽃입니다.

꽃은 활짝 피었을 때 가장 아름다운 상태가 됩니다.

그 꽃의 남은 운명은 시들음밖에 없습니다.

그렇다고 하더라도 피어나기를 주저하는 꽃은 없습니다.

열매를 논외로 하더라도 세월의 흐름에 자신을 맡기고

긍정의 삶을 살아가야 하는 것의 중요성을 이야기하고 있는 것이지요.

누구든 한 번쯤은 대중 앞에서 공연해 본 기억이 있을 것입니다.

초등학교 학예회든 아님 프로페셔널한 발표회든 말입니다.

수많은 연습과 땀의 과정이 단 몇 분의 공연으로 종료됩니다.

그리고 그 어려운 과정은 대부분 되풀이되지 않습니다.

짧은 공연의 멋스러움은 끝이라는 심오함을 내포하고 있습니다.

그런 것을 알면서도 공연 준비를 열정적으로 하는 이유는

내 안의 씨앗

머뭇거리거나 주저한다면 아름다움의 정수를 보여줄 수 없기 때문입니다.

시들음은 인생에서 누구나 피해 갈 수 없는 공통분모입니다.
그런데 시들음 전에 어떤 삶을 꽃피웠냐고 하는 것이
그 사람을 규정짓는 잣대가 됩니다.
그래서 그동안 나는 무엇을 추구하고 어떤 것에 가치를 두고 살아왔는가?
그리고 앞으로 어떤 것들을 더 고려하면서 살아갈 것인가?
정상에 있을 때 떠나는 멋스러움을 지켜낼 수 있을까?
비록 시들음의 미래라지만 그 시들음 역시 나의 삶의 일부분임을 인지하고
이것이 다른 삶에 밑거름이 되는 방법은 없는 것일까?
나이가 들면서 생각이 깊어지는 이유입니다.

처음처럼

　누구나 젊은 시절의 풋풋한 사랑의 기억 하나쯤은 가슴에 안고 살아갑니다.

　사랑의 열병으로 불붙은 가슴앓이처럼 행복하고도 아픈 것은 없는 것 같습니다. 첫사랑은 잘 이루어지지 않는다고 합니다.

　첫사랑만 그렇겠습니까? 두 번째…. 세 번째…. 대부분의 사랑은 이루어지기가 힘들지요.

　그 이루어짐의 결말이 꼭 결혼이어야 한다고 치면

　인류 연애사의 95% 이상은 실패한 역사이고

　쓸데없는 것에 시간과 돈, 정력을 낭비한 것임에는 틀림이 없습니다.

　하지만 그 절절한 마음이 예술로 승화한 경우가 많으니 사랑처럼 위대한 것도 없다고 생각합니다.

　사람 대부분은 성공한 일보다 실패한 일을 더 오래 기억합니다.

　이루어진 사랑보다도 실패한 사랑이 더 깊고 오래 남는 이유이기도 하지요. 그러기에 이루어지지 못한 사랑은 평생 가슴속에 한처럼 남아있습니다.

　간혹 동창회에서 만난 첫사랑과 불륜의 관계에 빠지는 소문이 심심치 않게 들리는 것을 보면

　사랑의 각인 효과가 참으로 대단하다고 생각합니다.

259

내 안의 씨앗

하지만 세월이 흐른 후에 첫사랑을 만나는 것은 좋지 않다고 합니다.

인생의 가장 아름다운 시기에 켜켜이 쌓아놓은 좋은 추억들이

나이 들고 시들한 모습을 보게 되었을 때 환상이 깨어지기 때문입니다.

처음이라는 것엔 묘한 아련함이 있습니다.

첫 만남으로부터 설레었던 손 잡기

황홀한 첫 키스…. 잠 못 이루는 그리움….

가장 순수하던 시기였기에 첫사랑은 더 달콤하고 행복한 기억으로 남는 것일는지 모릅니다.

첫사랑의 아픔을 경제 용어로 푸는 사람도 있습니다.

이들은 첫사랑이 한계효용 체감의 법칙에 해당한다고 주장합니다.

배고픈 사람이 빵을 먹을 때 처음 빵은 큰 만족감을 주지만

두 개, 세 개…. 개수가 늘어날수록 만족감이 떨어지는 것이 한계효용 체감의 법칙입니다.

첫사랑도 처음 먹은 빵처럼 설레고 두근거림의 강도가 세다는 것이지요.

갑자기 왜 첫사랑 타령을 하느냐고 반문할지도 모르겠습니다.

우린 처음이라는 것을 뚜렷하게 기억하는 특징을 갖고 있습니다.

그리고 '처음'에는 진중함과 사려 깊음, 약간의 긴장감과 묘한 쾌락이 있습니다. 그래서 처음 먹은 마음을 유지하는 것이 매우 중요한 것입니다.

초지일관(初志一貫)이나 일이관지(一以貫之), 시종일관(始終一貫),

초지불변(初志不変) 시종여일(始終如一) 등이 모두 처음이 중요하기에 만들어진 성어이지요.

겨울이 되어야 솔의 푸름을 압니다. (歲寒然後知松伯之後彫)

인생엔 왕도가 없습니다

옳은 길은 편하지 않습니다.

인생엔 왕도(王道)가 없으니까요.

역사를 보면 난관이 위대함의 발판이 되는 경우가 많습니다.

불후의 명저인 사기를 지은 사마천은 집필을 끝낸 후 친구에게 이런 편지를 보냅니다.

"사람이란 한 번 죽을 뿐인데 어떤 죽음은 태산보다 무겁고,

어떤 죽음은 아홉 마리 소에서 털 하나 뽑아내듯 가볍다(九牛一毛)."

이 구우일모(九牛一毛)는 매우 많은 것 중에서 아주 작은 것을 비유할 때 사용합니다.

한무제 때 이릉(李陵)이라는 장군은 흉노를 정벌하기 위해서 5천의 군사를 이끌고 전쟁터로 향합니다.

그러나 10배나 많은 적을 대항하여 싸우다가 포로가 되지요.

전장에서 죽은 줄 알았던 이릉이 흉노에 투항해 후대를 받고 있다는 소식을 들은 무제는

이릉의 일족을 참형하라고 명하였습니다.

신하 중에는 아무도 이릉을 변호해 주지 않았습니다.

내 안의 씨앗

평소에 이릉의 인품을 알고 있었던 사마천이 나서지요.
"소수의 보병으로 수만의 오랑캐들과 싸우다 투항을 한 것은
훗날 황제의 은혜에 보답할 기회를 얻기 위함일 것입니다."

이에 진노한 무제가 사마천을 옥에 가두고서 궁형을 내렸습니다.
이를 가리켜 '이릉의 화'라고 부릅니다.
* 궁형: 남자의 생식기를 거세하는 형벌

굴원은 유배를 당하고 「이소」를 썼고
좌구명은 두 눈을 잃고 『국어』를 편찬했으며
공자는 가난한 가운데서도 『춘추』를 썼고
사마천은 궁형을 당하여 부끄러운 개인의 역사가 있었음에도 그 치욕을 『사기(史記)』라는 명저로 승화시킵니다.

오늘이 힘들고 괴롭고 미래가 막막하다면
아마도 당신을 크게 쓰기 위한 신의 위대한 섭리일 수 있습니다.
주저앉아 있지만 않다면 말이지요.

쿼티(qwerty) 자판

우리는 하루 많은 시간을 컴퓨터 앞에서 보냅니다.
손이 키보드 위에 있는 시간이 참으로 많은 이유이지요.
키보드는 한글 두벌식과 영문 쿼티 자판이 기본입니다.

쿼티 자판이란 키보드 왼쪽 상단의 QWERTY를 쭉 모아놓은 단어입니다.
니다.
결국 쿼티(qwerty)라는 말은 특별한 의미가 아니라 단순하게 키보드에 나오는 알파벳을 순서대로 나열한 것에 불과한 것이지요.

그럼, 왜 키보드는 가장 많이 사용하는 알파벳 순서가 아니라 qwerty로 시작되었을까요?
1873년에 태어난 쿼티 자판은 아이러니하게도
타자 속도를 최대한 늦추도록 고안된 것입니다.

그 이유는 타자기로 글자를 칠 때마다 키가 엉키는 약점이 존재했고
그래서 자주 사용하는 알파벳을 떨어트려 속도를 늦추려 했기 때문입니다.
입니다.
그것이 지금의 qwerty 자판이 나오게 된 배경이지요.

내 안의 씨앗

타자기가 컴퓨터로 대체되고 나서 키의 엉킴은 의미가 없어졌고
보다 능률적으로 입력할 수 있는 키보드가 나왔습니다.
그 결과 타자 속도는 2배로 빨라졌고, 오타는 줄어들었으며
타자 드는 힘도 95%나 감소하는 성과를 올렸습니다.

그런데 그동안 쿼티 자판에 익숙해진 사용자들은 새로운 자판을 외면합니다.
입력이 불편함에도 익숙함에 속아 능률적인 자판을 사용하려 들지 않는 것이지요.
새로운 자판이 세상 구경한 지 30년이 지났는데도
능률을 추구하는 움직임들은 계속 좌절을 맛보고 있습니다.

우린 어떤 것이 되었던 반복되는 것은 소중하게 여기지 않는 경향을 보입니다.
익숙함에 속아서 모든 것을 당연한 것으로 인지하고 살게 마련이지요.
당연하게 여겼던 것들을 뒤집어 다시 생각해 보는 것
앞면만 보고 살았다면 뒷면도 살펴볼 수 있는 것
높이의 화려함 뒤에 남겨진 그늘의 서글픔도 함께 볼 수 있는 눈을 가지는 것
위를 보고 살더라도 가끔은 아래를 살피는 것
이런 시각의 다양성이 삶의 깊이를 더해줍니다.

익숙함에 속지 말아야 할 이유이기도 하지요.

농사는 관심

밭에 농작물을 심은 사람들은 그렇지 않은 사람들보다
훨씬 더 날씨에 민감하고 온도에 신경 쓰게 됩니다.
그것은 갑자기 일기에 관심이 생겨서가 아니라
식물들이 잘 자라는 최적의 환경을 염려하기 때문입니다.

꽃대 삐죽이 올라온 상추와 치커리, 쑥갓 등을 뽑아내고
다시 상추 모종을 심었습니다.
자주 나가봐야 하는데…. 게으름을 피워 일주일 만에 나가보니
염천의 뜨거운 햇살과 가뭄에 절반 이상이 말라 죽었습니다.
주인 잘못 만나 피어보지도 못하고 저세상으로 간 작물에 미안한 생
각이 들었습니다.

농사는 관심입니다.
아무리 예쁜 꽃을 많이 심어 놓은 꽃밭이라고 하더라도
틈틈이 잡초를 뽑아주지 않으면 결국 풀밭이 되고 맙니다.

사람의 마음 밭도 수시로 가꾸어 주어야 합니다.
그냥 방치하면 온갖 잡생각들로 뒤덮여서

내 안의 씨앗

아무짝에도 쓸 수 없는 풀밭이 되기 때문입니다.

그리고 나 하나가 핀다고 풀밭이 꽃밭 될까 생각하지 말아야 합니다.

이런 꽃들이 하나하나 모이면 풀밭이 울긋불긋한 꽃밭이 될 수 있으니까요.

그러니 남을 바라보고 탓할 것이 아닙니다.

존재의 위치에서 최선을 다해 꽃을 피워 올리는 것이 중요하지요.

아침, 이슬 걷어채며 나간 텃밭에서

호미를 놓고, 말라 죽은 모종을 안타깝게 바라보며

게으름을 반성하면서….

덕향만리

꽃에는 저마다 독특한 향기가 있습니다.
사람도 각각의 인품이 존재하지요.
꽃은 싱싱할 때 가장 아름답습니다.
인품 또한 사람의 마음이 맑을 때 가장 빛이 납니다.
썩은 장미는 잡초보다 좋지 않은 것처럼
사람이 품격을 지키지 못하면 시정잡배와 다를 것이 없습니다.

"난향만리(蘭香万里)"라는 말씀이 있습니다.
난 꽃의 향기가 멀리까지 퍼지는 것을 뜻하는 문구입니다.
사군자의 하나인 난초는 화려하지 않고 그저 수수합니다.
꾸미지 않되 향기로움으로 치장한 난초는 군자의 덕을 닮았습니다.
즉 '인품의 향기가 만 리를 간다.'라는 의미로 해석이 가능한 글귀이지요.

꽃의 향기는 십 리를 가고 말의 향기는 백 리를 가고
베풂의 향기는 천 리를 가고 인품의 향기는 만 리를 간다고 합니다.

"덕불고 필유린(德不孤 必有隣)"이라는 말씀이 있습니다.
* 덕 있는 사람은 외롭지 않고 반드시 이웃이 있다.

내 안의 씨앗

隣(이웃 린) 자는 고을 읍(邑)을 부수로 하고 米(쌀 미) 자와 舛(밟을 천)으로 이루어진 글자입니다.

즉 '이웃 린'이라는 글자 속에는 가뭄이 들어 모두가 힘든 고난의 시기에

쌀(米)을 들고 온 마을(邑)을 돌아다니며(舛) 베풀어주는

더불어 살아가는 민초의 모습이 들어있는 것이지요.

덕 있는 자의 모습은 이웃과 함께하는 모습입니다.

그것이 인품의 향기를 만 리까지 실어 나르는 것이지요.

산업화가 지나치게 진행되어 개인이 중시되는 사회가 되었고

개별화 시대에 이웃 실종 사태를 맞이하게 되었지만

사람과 사람 사이에 더불음의 미학이 존재하는 인간(人間)이란 글자 의미 그대로

혼자 가는 세상보다 같이 가는 세상이 더 아름답다는 것을 생각했으면 좋겠습니다.

"빨리 가려면 혼자 가고, 멀리 가려면 같이 가라."라는 말씀이

천둥처럼 깨우침으로 다가온 아침에….

물 위에 뜬 오리

어렸을 때는 원동기가 달린 기계 장치가 없었습니다.

모든 밭일은 가축의 힘이 아니면 인간의 노동력에 의지할 수밖에 없었습니다.

아버지가 괭이로 땅을 파는 것을 보면 아주 수월해 보였는데

괭이를 잡고 한나절 만에 노동에 지쳐 쓰러진 경험이

보는 것과 하는 것의 차이가 참으로 큼을 느끼게 해주었습니다.

경운기를 운전하기 전에는 천천히 움직이는 자동화된 기계라 쉬운 줄 알았는데

울퉁불퉁한 밭고랑 사이를 운전한다는 것은

몸살 날 정도의 힘든 일이라는 것을 경험해 보고야 알았습니다.

더운 여름날 낫을 들고 풀을 깎아본 사람은 그 노동의 강도가 얼마나 강한 것인지를 압니다.

예초기를 지고 슬슬 풀을 깎는 것은 신선놀음이라고 생각했는데

실제로 예초기를 지고 한 시간만 돌려도 팔에 알통이 생길 것처럼 힘이 듭니다.

269

내 안의 씨앗

호수 위에 유유히 떠서 노니는 오리 떼를 보면 그리 평화스러워 보일 수가 없습니다.

하지만 물 위에 떠 있는 우아한 상태를 유지하기 위하여

물 밑에서 오리가 바쁘게 발질해야 한다는 사실은 인지하기가 쉽지 않습니다.

남들이 하는 것은 편하고 쉬워 보이고

내가 하는 일은 어렵고 힘들어 보이는 것이 세상입니다.

그러니 내 일이 아니라고 함부로 판단할 일이 아닙니다.

세상 돌아가는 이치도 그러하지요.

이 세상에 쉬운 일은 없습니다.

그리고 누구나 할 수는 있지만 아무나 잘할 수 있는 것도 아니지요.

그러니 하심(下心)으로 맡은 일에 최선을 다하고

상대방을 존중하되 스스로 낮아지는 겸손을 실천해야 합니다.

승자의 저주

승자의 저주는 치열한 경쟁에서 이겨 승리를 거두었지만
그 과정에서 너무 많은 것을 잃어버려 결과적으로 큰 손해가 난 것을
의미합니다.
고대 로마 시대 에피루수 왕국의 피로스 왕은
로마를 침공하여 대승을 거두지만 군사의 70%를 잃고
상처뿐인 영광을 안고 돌아옵니다.
싸움엔 이겼지만 지나친 출혈로 인해 왕국을 유지하기가 어려워집니다.

『초한지』에 보면 항우가 유방과 싸워 연전연승을 거두지만
시간이 지날수록 세가 기울어져
해하의 전투에서 "사면초가"와 "패왕별희"라는 유명한 고사를 남기고
역사 속으로 사라집니다.

승자의 저주는 리더가 성공을 거둔 후, 그 성공에 취해 더 나은 결정
을 내리지 못하는 현상을 말합니다.
승자의 저주에 빠지면 다음과 같은 특징을 보이게 됩니다.

승리에 도취하여 자만심이 생기고 자기 능력을 과신합니다.

과거의 성공에 안주하고, 새로운 도전을 하지 않습니다.

자신을 지나치게 믿은 나머지 변화에 적응하지 못하고, 고집이 세집니다.

주변의 의견을 듣지 않고, 독단적으로 결정을 내립니다.

승자의 저주는 개인뿐만 아니라 조직에도 큰 영향을 미칩니다.

그러니 승자의 저주를 예방하기 위해서는 다음과 같은 노력이 필요합니다.

항상 배우고, 성장하려는 자세를 가져야 합니다.

주변의 의견을 경청하고, 열린 마음을 가져야 하지요.

또한 변화에 적응하는 유연성을 가져야 합니다.

그리고 조직의 목표를 위해 헌신하고, 희생해야 합니다.

승자의 저주를 패자의 축복으로 만들려면

일관된 배움과 꾸준한 성장이 중요합니다.